Pasado imborrable

Abby Green

 Harlequin

Editado por HARLEQUIN IBÉRICA, S.A.
Núñez de Balboa, 56
28001 Madrid

PASADO IMBORRABLE, N.º 2103 - 14.9.11
Título original: In Christofides' Keeping
Publicada originalmente por Mills & Boon®, Ltd., Londres.

I.S.B.N.: 978-84-9000-422-7
Depósito legal: B-26804-2011
Editor responsable: Luis Pugni
Preimpresión y fotomecánica: M.T. Color & Diseño, S.L.
C/ Colquide, 6 portal 2 - 3º H. 28230 Las Rozas (Madrid)
Impresión en Black print CPI (Barcelona)
Fecha impresion para Argentina: 12.3.12
Distribuidor exclusivo para España: LOGISTA
Distribuidor para México: CODIPLYRSA
Distribuidores para Argentina: interior, BERTRAN, S.A.C. Vélez
Sársfield, 1950. Cap. Fed./ Buenos Aires y Gran Buenos Aires,
VACCARO SÁNCHEZ y Cía, S.A.
Distribuidor para Chile: DISTRIBUIDORA ALFA, S.A.

Capítulo 1

RICO Christofides intentaba contener su irritación y prestar atención a la mujer con la que estaba cenando. ¿Qué le pasaba? Estaba en uno de los restaurantes más exclusivos de Londres, cenando con una de las mujeres más bellas del mundo. Pero era como si alguien hubiese bajado el sonido y sólo pudiera escuchar los latidos de su corazón.

Veía a Elena gesticulando y hablando con una alegría que le parecía exagerada mientras movía la sedosa melena pelirroja por encima de su hombro, dejando el otro al descubierto. Lo hacía para seducirlo, pero no lo estaba consiguiendo.

Él conocía todos esos gestos. Había visto a innumerables mujeres hacerlos durante años y siempre le habían gustado. Pero en aquel momento no sentía ningún deseo por aquella mujer y lamentaba el impulso de llamarla cuando supo que estaría en Londres unos días.

Curiosamente, se sentía arrebatado por un interesante recuerdo. Rico miró a una de las camareras y, de inmediato, algo en su manera de moverse lo había llevado atrás en el tiempo, dos años atrás exactamente. Se encontró pensando en la única mujer que no era como las demás, la única que había conseguido romper el rígido muro de defensas que había construido alrededor de sí mismo.

Por una noche.

Rico apretó los puños bajo la mesa. Estaba pensando en ella porque había vuelto a Londres por primera vez desde esa noche, pero se obligó a sí mismo a sonreír en respuesta a algo que Elena había dicho. Y, afortunadamente, ella siguió hablando.

La noche que conoció a Gypsy, si ése era su nombre verdadero, estuvo a punto de decirle quién era, pero ella había puesto una mano sobre su boca.

—No quiero saber quién eres.

Rico la había mirado, escéptico. Seguramente sabía quién era, ya que había salido en los periódicos durante toda la semana... pero era tan joven, tan guapa, tan encantadora, tan pura. Y por primera vez en su vida, apartó a un lado su cinismo y sus sospechas, sus constantes compañeras, y contestó:

—Muy bien, seductora... ¿qué tal si decimos nuestros nombres de pila?

Antes de que ella pudiese decir nada, y aún creyendo de manera arrogante que sabía quién era, le ofreció su mano:

—Rico... a tu servicio.

Ella estrechó su mano, pero vaciló un segundo antes de decir:

—Me llamo Gypsy.

Un nombre inventado, por supuesto. Tenía que serlo. Rico rió e incluso en aquel momento, dos años después, recordaba lo extraña que le había parecido esa risa, esa sensación.

–Como tú quieras, pero ahora mismo estoy interesado en algo más que tu nombre...

Alguien soltó una carcajada en la mesa de al lado, devolviendo a Rico al presente. Pero aun así, sintió una punzada de deseo al recordar el roce de su piel, sus corazones latiendo al unísono, el abrazo íntimo, tan ardiente que tuvo que hacer un esfuerzo para mantener el control. Y luego ella había dejado escapar un gemido, cerrándose a su alrededor, su cuerpo sacudido por los espasmos, y él perdió la cabeza como nunca la había perdido antes.

–Rico, cariño... –Elena estaba haciendo pucheros con esos labios demasiado rojos–. Estás a kilómetros de aquí. Por favor, dime que no estás pensando en tu aburrido trabajo.

Rico intentó sonreír. Era su aburrido trabajo, y los millones que ganaba en el proceso, lo que hacía que las mujeres como Elena lo persiguieran. A pesar de ello, se movió incómodo en el asiento, pensando que estaba excitado no por la mujer que lo acompañaba sino por el recuerdo de otra, un fantasma del pasado. Porque ese fantasma era la única mujer que no había caído a sus pies.

Al contrario, Gypsy había intentado alejarse de él. Y luego, a la mañana siguiente, se había alejado definitivamente. Claro que él la había dejado sola en la suite. Sentía remordimientos por haberlo hecho y Rico Christofides no tenía remordimientos.

De nuevo, intentó sonreír mientras apretaba la mano de Elena. Y ella prácticamente ronroneó.

Rico iba a pedirle más vino a la camarera cuando su cuerpo reaccionó de manera inexplicable, como si sintiera algo que su cerebro aún no había registrado.

Era la camarera en la que se había fijado antes, la que había despertado un torrente de recuerdos.

¿Se estaría volviendo loco? A su alrededor notaba un aroma evocador... algo que había quedado en el aire, tras ella.

–¿Qué perfume llevas, Elena?

–*Poison*, de Dior –respondió ella, inclinándose seductoramente–. ¿Te gusta?

No, no era su perfume. Rico levantó la mirada de nuevo para buscar a la camarera, que estaba tomando nota en una mesa cercana. Ese evocador aroma le recordaba a...

Abruptamente, Elena se levantó de la silla.

–Voy al lavabo. Y, con un poco de suerte, cuando vuelva no estarás tan distraído.

A pesar del tono de reproche, Rico no se molestó en levantar la mirada. Se había quedado transfigurado por la camarera que estaba a unos metros. Tenía una figura muy bonita de nalgas firmes y definidas bajo el uniforme, que escondía unas piernas bien torneadas y unos tobillos delgados.

Rico miró la camisa blanca, el pelo de color castaño oscuro, pero que seguramente parecería más claro a la luz del sol. Era muy rizado y lo llevaba sujeto en un moño, pero podía imaginarlo cuando estuviera suelto. Casi igual que el pelo de...

Entonces sacudió la cabeza. ¿Por qué el recuerdo de Gypsy era tan vívido esa noche?

La joven se giró un poco para hablar con un cliente y sólo entonces Rico pudo ver su perfil. Una nariz pequeña, recta, una barbilla decidida y una boca de labios gruesos...

Tenía que ser ella. No estaba volviéndose loco.

Todo pareció ocurrir a cámara lenta cuando por fin la joven se volvió en su dirección. Estaba mirando su cuaderno, anotando algo mientras pasaba a su lado y, sin pensar, Rico se levantó para tomarla del brazo.

Gypsy se volvió al notar esa mano en su brazo y, de repente, se encontró con unos ojos grises. Unos ojos grises que ella conocía bien.

Y sus pulmones dejaron de funcionar.

No podía ser él. Tenía que estar soñando... o era una pesadilla. Estaba tan cansada que no le extrañaría nada haberse quedado dormida mientras trabajaba.

Pero estaba mirando unos ojos del mismo color que los de... era él. El hombre que había aparecido en sus sueños durante casi dos años. Rico Christofides, medio griego, medio argentino, empresario multimillonario, una leyenda.

–Eres tú –dijo él, con voz ronca.

Gypsy tragó saliva. Una vocecita le decía que se fuera, que saliera corriendo, que escapase de allí.

Pero sentía como si estuviera bajo el agua. Lo único que podía ver eran esos ojos, del color del cielo durante una tormenta, clavándose en su alma. El pelo negro, la nariz ligeramente torcida, las cejas oscuras, la mandíbula marcada... todo era tan familiar. Salvo que sus sueños no le habían hecho justicia.

Era tan alto, sus hombros tan anchos que no podía ver lo que había detrás de él.

Absurdamente, recordó la pena que había sentido por la mañana, al ver que se había ido dejando una nota que decía: *la habitación está pagada. Rico.*

Alguien carraspeó a su lado, pero Rico no se movió y Gypsy no podía apartar la mirada. Su mundo estaba haciéndose pedazos a su alrededor.

–¿Rico? ¿Ocurre algo?

Era una voz de mujer; una voz que confirmaba lo que Gypsy no había querido saber. Y debía ser la impresionante pelirroja que había visto unos minutos antes. No podía creer que hubiera pasado al lado de Rico sin verlo...

Pero él no dejaba de mirarla.

–Eres tú.

Gypsy sacudió la cabeza, intentando decir algo que tuviera sentido, algo que la sacara de aquel extraño estupor. Después de todo, sólo había sido una noche, unas horas. ¿Cómo podía recordarla un hombre como él? ¿Por qué querría recordarla? ¿Y cómo podía ella sentir ese fiero deseo?

–Lo siento, debe confundirme con otra persona.

Gypsy soltó su brazo y se dirigió a la sala de empleados, temiendo ponerse a vomitar allí mismo. Respirando profundamente sobre el lavabo, lo único que deseaba era salir corriendo.

Desde que descubrió que estaba embarazada había sabido que algún día tendría que decirle a Rico Christofides que tenía una hija. Una hija de quince meses con los ojos del mismo color que los de su padre.

Gypsy volvió a sentir náuseas, pero intentó controlarlas.

Recordaba el terror que había sentido ante la idea de convertirse en madre y, al mismo tiempo, la inmediata y profunda conexión con el bebé que crecía en su interior.

Había visto cómo trataba Rico Christofides a las mujeres que se atrevían a presentar una demanda de paternidad y no tenía el menor deseo de exponerse a esa humillación pública. Aunque estuviera absolutamente segura de que podría demostrar que él era el padre.

Embarazada, y sintiéndose extremadamente vulnerable ante la posible reacción de Rico Christofides, Gypsy había tomado la difícil decisión de tener a Lola sin decirle nada. Quería estar en buena posición cuando se pusiera en contacto con él. Trabajar como camarera, aunque fuese en un restaurante de lujo, no era la situación ideal para lidiar con alguien tan poderoso como él.

Y si no se marchaba de allí inmediatamente, Rico Christofides recordaría a la mujer que había sucumbido a la tentación de acostarse con él.

Tomando una decisión, aunque sabía que lo hacía empujada por el pánico, Gypsy se lavó la cara y fue a buscar a su jefe.

–Tom, por favor –le suplicó. Ella odiaba mentir, especialmente usando a su hija para ello, pero no tenía alternativa–. Tengo que irme a casa. Lola se ha puesto enferma y...

Su jefe se pasó una mano por el pelo.

–Tú sabes que hoy andamos cortos de personal. ¿No puedes esperar una hora?

Gypsy negó con la cabeza.

–No, lo siento, Tom. De verdad, si pudiera quedarme...

–Yo también lo siento. No quiero hacerlo, pero has llegado tarde todos los días durante las últimas dos semanas.

Gypsy iba a protestar, a decir algo sobre las inflexibles horas de la persona que cuidaba de Lola, pero su jefe la interrumpió:

–Eres una buena camarera, pero si te vas ahora, me temo que no tendrás un puesto de trabajo al que volver. Es así de sencillo.

Gypsy recordó entonces lo que había sentido al descubrir que el hombre con el que había pasado la noche era uno de los hombres más poderosos del mundo y volvió a sentir una ola de náuseas.

La idea de volver al salón e intentar trabajar con normalidad era inconcebible, de modo que Tom la despediría de todas formas porque acabaría tirando la sopa sobre algún cliente o derramando el vino...

Gypsy negó con la cabeza, anticipando el horror de tener que buscar otro trabajo y dando las gracias en silencio por tener algunos ahorros en el banco. Al menos podría subsistir durante unas semanas...

–Lo siento mucho, pero tengo que irme.

Su jefe se encogió de hombros.

–Yo también lo siento porque no me dejas otra opción.

Con un nudo en la garganta, Gypsy tomó su bolso y salió al callejón oscuro y húmedo en la parte trasera del lujoso restaurante.

Más tarde, Rico estaba en el salón de su ático con las manos en los bolsillos del pantalón. Su pulso seguía acelerado y no tenía nada que ver con la hermosa mujer de la que se había despedido después de la cena y sí con la bonita camarera que había desaparecido de repente.

La primera vez también había desaparecido, pero entonces había sido culpa suya.

Seguía sorprendiéndolo haber bajado la guardia de esa manera con ella y se recordaba a sí mismo mirándola dormir, atónito por la profundidad de su deseo y por la apasionada respuesta de ella.

Eso, y el abrumador deseo de protegerla, había hecho que saliera de la habitación como si lo persiguieran los sabuesos del infierno. Él nunca se sentía protector o posesivo con las mujeres. Pero esa noche, en cuanto la reconoció, el deseo había nacido de nuevo, como si no hubiera pasado el tiempo. Y ella había salido corriendo otra vez.

Rico sacó un papel del bolsillo del pantalón. El gerente del restaurante le había dado su nombre y su gente ya la había localizado. Ahora tenía la dirección de Gypsy Butler... porque aparentemente era su nombre verdadero.

Y pronto descubriría qué era lo que encontraba

tan atractivo en la mujer con la que se había acostado una noche, dos años antes y por qué demonios Gypsy sentía la necesidad de escapar de él.

A la mañana siguiente, mientras Gypsy volvía a casa del supermercado empujando el cochecito de Lola, seguía angustiada por lo que había ocurrido la noche anterior.

Había visto a Rico Christofides y había perdido su trabajo.

Las dos cosas que más miedo le daban habían ocurrido al mismo tiempo. Pero no había tenido más remedio que marcharse porque no estaba en condiciones de lidiar con Rico Christofides. Le temblaron las piernas al recordar su rostro y el efecto instantáneo que había ejercido en ella.

Seguía siendo tan devastadoramente guapo como el día que lo conoció en la discoteca, dos años antes.

La noche que conoció a Rico había sido una noche especial, totalmente nueva para ella. La había pillado al principio de una nueva vida, cuando intentaba olvidar años de dolor. Estaba en un momento muy vulnerable y había sido presa fácil para un seductor como Rico Christofides, aunque entonces no sabía quién era: un magnate y playboy conocido en el mundo entero.

Si hubiera ido vestido como los demás, con una camisa planchada y un pantalón sastre, habría sido fácil no fijarse en él. Pero no iba vestido así; llevaba una camiseta y unos vaqueros gastados que abrazaban sus piernas de un modo que era casi indecente. Alto y moreno, tenía un aire de peligrosa sexualidad que hacía que todos los demás hombres pareciesen anémicos por comparación.

Eso sólo lo convertía en un hombre espectacular, pero había sido algo más. Había sido la intensidad de su mirada... clavada en ella.

Aquella noche estaba celebrando algo importante en su vida: que por fin se había librado de su padre y de su corrupto legado. Cuando murió seis meses antes había sentido más vacío que pena por el hombre que jamás le había mostrado afecto.

Pero cuando el guapísimo extraño se acercó a ella en la discoteca, los malos recuerdos y las penas habían volado.

Era demasiado guapo, demasiado oscuro, demasiado sexy... demasiado todo para alguien como ella. Y su forma de mirarla mientras se acercaba le había dado pánico.

Pero, como si estuviera clavada al suelo por un hechizo, no había sido capaz de moverse. Era casi como si hubiera algo elemental entre ellos, algo primitivo. Como si aquel hombre estuviera reclamándola como suya. Y era totalmente ridículo sentir algo así un viernes cualquiera en una discoteca en el centro de Londres.

–¿Por qué has dejado de bailar? –le había preguntado él.

Tenía un ligero acento, de modo que era extranjero...

Gypsy había sentido un cosquilleo de excitación al ver sus ojos grises en contraste con su piel morena. Era algo tan extraño para ella que quiso apartarse... pero entonces alguien la empujó sin querer y él la sujetó.

De inmediato, había sentido un escalofrío en la espina dorsal. Gypsy levantó la mirada, perpleja, y al mirarlo a los ojos había sentido auténtico miedo... no miedo por su seguridad sino un miedo irracional a lo desconocido.

–En realidad, ya me iba...

–Pero si acabas de llegar.

Había estado mirándola desde que entró en la discoteca y Gypsy tragó saliva al pensar cómo había estado bailando, como si nadie pudiese verla.

–Si insistes en marcharte, me iré contigo.

–Pero no puedes... ni siquiera me conoces.

–Entonces baila conmigo.

Que no estuviera borracho, que no estuviera ligando con ella como hacían otros hombres, había hecho que la petición fuera irresistible.

Gypsy volvió a la realidad cuando tuvo que detenerse en un semáforo. No necesitaba recordar su patético intento de resistencia antes de aceptar, básicamente para que la soltase.

Pero había tenido el efecto contrario. Después de bailar con él, tan cerca que su cuerpo se cubrió de sudor, el extraño se inclinó para decirle al oído:

–¿Sigues queriendo mancharte?

Ella negó con la cabeza, sin dejar de mirarlo a los ojos, fascinada. Lo deseaba con una fuerza totalmente desconocida para ella.

Había dejado que tomase su mano para salir de la discoteca, viéndolo como un símbolo de los eventos de aquel día. El día en el que, por fin, se había librado de todo lo que la había unido a su padre.

Se había dejado seducir por él... y a la mañana siguiente se había encontrado sola en la habitación del hotel, como una basura. Recordaba la nota que había dejado sobre la mesilla y lo mal que se había sentido... como si lo único que faltase fuera un montón de billetes sobre la cama.

Soltando un bufido de rabia por haber dejado que un hombre como él, un hombre poderoso como su padre, la sedujera, Gypsy cruzó la calle cuando el semáforo se puso en verde. Con un poco de suerte, Rico Christofides se habría distraído con la pelirroja con la que estaba cenando y se habría olvidado de ella.

«Pero se acordaba de ti después de dos años».

Cualquier otra mujer se habría sentido halagada de que un hombre como él no la hubiese olvidado, pero Gypsy sólo sentía miedo. ¿Por qué un hombre como Rico Christofides recordaba a una mujer como ella?

Poco después llegó a su casa, un bloque de pisos baratos con un grupo de chicos malencarados sentado en los escalones. Aunque había disfrutado de su libertad tras la muerte de su padre, y aunque no le habría importado nada si sólo tuviera que preocuparse de sí misma, le molestaba que su casa estuviera en la peor zona de Londres. Incluso el parque cercano estaba destrozado por los vándalos.

Gypsy suspiró. De no haber sido por su decisión de rechazar el dinero de su padre, en aquel momento estaría viviendo en un sitio mucho mejor.

Pero ella no podría haber vivido del dinero de John Bastion y jamás se le había ocurrido pensar que se quedaría embarazada después de pasar una sola noche con un...

Su corazón se detuvo durante una décima de segundo y no por culpa de los chicos que estaban sentados en los escalones del portal sino por el deportivo aparcado en la puerta.

El lujoso coche negro con ventanillas tintadas podría ser de algún gángster del barrio, pero Gypsy supo inmediatamente que no era así. Los gángsteres de la zona sólo podían *soñar* con un coche como aquél.

Y el corazón pareció a punto de salirse de su pecho al ver a un hombre alto, moreno y atlético salir del coche.

Rico Christofides.

Capítulo 2

GYPSY sabía que no podía salir corriendo porque era evidente que Rico Christofides había querido encontrarla.

¿Por qué?, se preguntó.

Sólo tenía que pensar en la mujer con la que estaba por la noche en el restaurante y, en comparación, ella no quedaba muy bien parada.

Aquel día llevaba sus habituales vaqueros anchos, varias capas de jerséis de lana para evitar el frío de enero, zapatillas de deporte, una parka de segunda mano y un gorro de lana para controlar su pelo. Él, por otro lado, parecía el magnate que era, con un elegante abrigo de cachemir negro.

Sin duda, ya estaba lamentando la impetuosa decisión de ir a buscarla al verla con esa pinta, pensó Gypsy. Pero entonces Rico miró el cochecito de Lola...

Su hija. ¿Se daría cuenta?

Inmediatamente, se dijo a sí misma que era imposible que supiera nada. ¿Por qué iba a pensar que Lola era hija suya?

Además, en cuanto le dijera que era su hija, Rico Christofides movería cielos y tierra para demostrar que estaba mintiendo. Eso era lo que había hecho en otras ocasiones.

Pero cuando la paternidad quedase demostrada, intentaría controlar la vida de su hija. Exactamente lo mismo que había hecho su padre.

Lo sabía porque Rico pertenecía al mismo mundo que John Bastion, un mundo de hombres poderosos y despiadados, hombres que dominaban todo lo que había a su alrededor.

En cuanto supo su nombre pensó que era increíble que no lo hubiera reconocido. Incluso recordaba a su padre hablando amargamente de Rico Christofides en más de una ocasión: «si crees que yo soy despiadado, espero que no te encuentres nunca con Rico Christofides. Ese hombre es de hielo. Si pudiese arruinarlo, lo haría, pero el canalla no descansaría hasta que hubiera resucitado de entre los muertos para destrozarme. Algunas peleas no merecen la pena, pero daría cualquier cosa por ver que alguien machaca a ese arrogante».

Su padre había sido un hombre obsesivo y el recuerdo de la admiración que, en el fondo, sentía por Rico Christofides, habría matado cualquier posibilidad de que se pusiera en contacto con él.

Lo único que podía hacer era escapar con Lola, ir a algún otro sitio, lejos de Londres, hasta que pudiera decidir qué iba a hacer con su vida.

Y se alegraba de su horrible aspecto porque gracias a eso, seguramente Rico Christofides subiría a su lujoso coche y desaparecería de su vida hasta que ella volviera a ponerse en contacto con él... cuando estuviera lista para hacerlo. Pensando eso, Gypsy siguió caminando.

Rico observó a la mujer que se acercaba al portal. Por un segundo, tuvo dudas. ¿Era Gypsy? A distancia y sin ningún artificio, no parecía muy atractiva. Y su cuerpo estaba oculto por varias capas de ropa... nada elegante, por cierto.

Y tenía un hijo, además. Sintió entonces algo sospechosamente parecido a la desilusión, pero de inmediato se dijo que era una tontería. Un hijo era una complicación innecesaria.

Aunque tal vez se había equivocado de persona, tal vez el nombre era una extraña coincidencia.

Pero entonces ella se detuvo a su lado y cualquier pensamiento sobre hijos o complicaciones se esfumó de su mente porque volvió a sentir esa extraña punzada de deseo.

Era ella.

A pesar de su aspecto, podía ver sus preciosos ojos verdes rodeados de largas pestañas, la delicada estructura ósea, sus generosos labios. Y su pelo, los rebeldes rizos escapando del gorro de lana le recordaron el momento que la vio en la discoteca.

Estaba enfadado consigo mismo por haber ido allí, odiando haberse dejado llevar por una extraña inquietud, y entonces la vio. Con un pantalón vaquero ajustado y un chaleco sin mangas, nada que ver con las demás mujeres que llenaban el sitio. Bailaba con una expresión intensa, como empujada por demonios interiores, y algo en ella lo había atraído de manera inmediata.

Rico no podía dejar de mirar sus firmes pechos, marcados bajo la delgada tela del chaleco, mientras bailaba con total abandono.

Él había visto a muchas mujeres guapas, vestidas y desnudas, pero algo en aquella chica le había parecido increíblemente atractivo. Con ese pelo tan rizado tenía un aspecto salvaje, libre, que lo atraía a un nivel básico, primitivo.

Le había parecido exquisita. *Era* exquisita. Aunque se daba cuenta de que había perdido peso en esos dos años.

Además del alivio que sintió al saber que no se había equivocado de persona, sintió también una rabia absurda al ver que vivía en una zona tan peligrosa.

Y esa rabia lo sorprendió. Las mujeres no solían despertar en él sentimientos protectores. Los chicos que estaban sentados en los escalones habían intentado intimidarlo cuando salió del coche para llamar al portero automático, pero después de fulminarlos con la mirada parecían haber reconocido que era un peligro y lo habían dejado en paz.

Había estado a punto de marcharse al no encontrarla en casa, pero allí estaba. Y no pensaba ir a ningún sitio.

Gypsy decidió fingir que no sabía quién era, que no había vuelto a verlo la noche anterior. Era una cobardía, por supuesto, pero contaba con que él quisiera escapar de alguien que parecía una indigente.

–¿Me deja pasar?

Él no se apartó. Sus penetrantes ojos grises estaban clavados en ella con una intensidad que la asustaba y que hacía que se pusiera colorada hasta la raíz del pelo. Sin poder evitarlo, en su mente se formaron imágenes de esa noche, de sus cuerpos cubiertos de sudor moviéndose al unísono para llegar al clímax...

–¿Por qué saliste corriendo anoche?

Su voz ronca interrumpió tan turbadoras imágenes.

–Mi hija... tenía que volver a casa con mi hija.

Después de decirlo se mordió los labios. Había caído en la trampa como una tonta.

En ese momento empezó a llover y los chicos que estaban en los escalones corrieron a buscar refugio. Rico Christofides señaló el portal.

–Deja que te ayude con el cochecito.

Gypsy protestó.

–No hace falta, puedo hacerlo sola...

Pero mientras hablaba, él sujetó el cochecito y lo levantó como si no pesara nada. Y Gypsy tuvo que soltarlo o habrían terminado peleándose.

Podía sentir las gotas de lluvia cayendo sobre su gorro de lana, de modo que no tuvo más remedio que seguirlo hasta el portal.

Una vez en su apartamento, Rico Christofides dejó el cochecito en el suelo con una suavidad que momentáneamente desarmó a Gypsy. Seguía atónita, en realidad.

–¿Tienes una toalla?

–¿Una toalla? –repitió ella tontamente.

–Sí, una toalla. Estoy empapado y tú también.

–Una toalla –repitió Gypsy de nuevo. Y luego, por fin, salió de su estupor–. Sí, claro.

«Dale la toalla para que se seque y luego se marchará».

Gypsy entró en el dormitorio que compartía con Lola y poco después volvió al salón con una toalla en la mano, intentando no pensar que Rico Christofides era tan grande que el salón parecía diminuto.

–Primero tú, estás empapada. Imagino que tendrás más de una toalla...

–Sí, claro. Sécate con ésa, yo voy a buscar otra.

¿Por qué no se iba?

Cuando volvió al salón vio que estaba secándose el pelo con movimientos bruscos. Se había quitado el abrigo, que había colgado en el respaldo de una silla, y el impecable traje que llevaba la hizo tragar saliva al recordar el fabuloso cuerpo que había debajo.

Brillaba de vitalidad y fuerza, haciendo que ella se sintiera pálida y débil por comparación.

–Deberías quitarte la parka y el gorro... están mojados. ¿No tienes calefacción?

Con desgana, Gypsy se quitó el gorro y la parka. Su melena rizada caía sobre sus hombros y podía imaginar lo encrespada que estaría por culpa de la lluvia. Le gustaría hacerse una coleta o algo... y le daba rabia que Rico la hiciera sentirse tan incómoda.

–Se ha estropeado esta mañana, pero vendrán a repararla enseguida.

Rico Christofides pareció cómicamente sorprendido.

–¿No tienes calefacción? Pero tienes un hijo y hace un frío terrible...

–Es el primer día que estamos sin calefacción, pero vendrán a arreglarla enseguida. ¿Quieres un café?

Rico clavó su mirada en ella, esbozando una sonrisa al reconocer su capitulación.

–Me encantaría tomar un café. Solo, sin azúcar.

Como él, pensó Gypsy mientras iba a la cocina. Lo único que esperaba era que Lola no despertase y que Rico Christofides hubiera satisfecho la sorprendente curiosidad que parecía sentir por ella y se marchase de una vez.

Rico miró alrededor conteniendo un escalofrío de horror. Sin tener a Gypsy delante, su cerebro parecía funcionar con normalidad... más o menos. Pero, de nuevo, cuestionó la sensatez de ir allí, sobre todo al ver el cochecito.

El impulso sensato era encontrar una excusa más o menos plausible para marcharse, pero otro impulso, más poderoso, lo obligaba a quedarse. Aunque hubiese un niño inesperado.

Era una niña, comprobó Rico, mirando por encima de la capota transparente. Y muy pequeña, de modo que debía haberla tenido después de que ellos se conocieran. Y aunque sabía que no tenía ningún derecho a enfadarse por eso, se enfadó.

Incluso verla quitarse el gorro y la parka había hecho que casi olvidase la presencia de la niña. El movimiento de sus manos le había recordado sus ca-

ricias en la parte más sensible de su anatomía hasta
que tuvo que suplicarle que parase...

Rico frunció el ceño. ¿Por qué había querido ne-
gar Gypsy que lo conocía? Aunque se hubiera mar-
chado por la mañana, él sabía que el encuentro había sido tan sorprendente para ella como para él. La
expresión atónita en su rostro después del primer
orgasmo se lo había dejado claro.

Él sabía que era un buen amante, pero lo que había experimentado esa noche con Gypsy había sido
algo desconocido. Y que no había vuelto a experimentar nunca más. ¿Era por eso por lo que necesitaba verla de nuevo? ¿Para averiguar si había sido
su imaginación o... algo más?

Él nunca había querido «algo más» de una mujer,
pero esa noche Gypsy lo había afectado de tal modo
que desde entonces se sentía insatisfecho. Esa insa-
tisfacción había destrozado las pocas relaciones que
había tenido desde entonces y después de volver a
verla la noche anterior quería estar con ella de nuevo.

Cuando oyó que Gypsy volvía a entrar en el salón se volvió para mirarla. Pero ella apartó la mirada, nerviosa.

¿Por qué estaba tan nerviosa?

Gypsy intentó escapar de la mirada de Rico ocu-
pándose de Lola que, afortunadamente, seguía durmiendo, sus mejillas rojas y su boquita de piñón haciendo un puchero. Sus largas pestañas negras caían
sobre las mejillas regordetas y el corazón de Gypsy
se llenó de amor, como le pasaba siempre que mi-

raba a su hija. Y, en ese momento, sintió una punzada de remordimientos al saber que estaba negán-
dole al padre de Lola la verdad cuando estaba a un
metro de ella.

Pero aplastó esos remordimientos, diciéndose a
sí misma que lo hacía por una buena razón.

–¿Qué quieres de mí? –le preguntó, cruzándose
de brazos.

Rico Christofides se dejó caer sobre el viejo sofá
y le hizo un gesto para que hiciese lo propio.

Dejando escapar un suspiro, más por miedo que
por otra cosa, Gypsy se sentó en el sillón.

–Me gustaría saber por qué has fingido que no
me conocías cuando tú sabes que nos conocemos
íntimamente.

Gypsy se puso colorada hasta la raíz del pelo.

–Sé muy bien que nos conocemos, pero no tengo
la menor intención de volver a estar contigo.

Él la miró en silencio durante unos segundos antes de replicar:

–Puede que no lo creas, pero lamenté dejarte como
lo hice esa mañana.

Ella apretó los labios para disimular un escalofrío de emoción. No lo creía, seguramente no había
vuelto a pensar en ella. Pero tal vez al verla la noche
anterior había pensado que sería muy fácil volver a
seducirla.

–Pues yo no –le dijo–. Y olvidas que me dejaste
una notita.

–No sé lo que pensarás de mí, pero no tengo costumbre de ligar con una desconocida en una discoteca e ir a un hotel a pasar la noche.

Gypsy se encogió de hombros, como si no tuviera importancia.

–No lo sé, no he pensado si era una costumbre para ti o no.

–Tal vez para ti las aventuras de una noche son algo habitual...

–¿Cómo te atreves a decir eso? Yo no había tenido una aventura hasta que te conocí.

Rico arqueó una ceja.

–Y, sin embargo, no tuviste ningún problema para acostarte conmigo, Gypsy Butler.

Ella lo miró, perpleja. Sabía su apellido... sí, claro, tenía que saberlo porque había encontrado su dirección. Y seguramente sería capaz de encontrarla fuese donde fuese.

–¿Entonces es tu nombre de verdad?

Ella asintió con la cabeza, nerviosa.

–Mi madre tenía obsesión por Gypsy Rose Lee, por eso me puso ese nombre.

No le contó que durante gran parte de su vida nadie la había llamado así. Esa parte de su vida había terminado cuando su padre murió.

–Dime qué es lo que quieres, tengo cosas que hacer.

–Veo que estás deseando escapar de mí. Y has tenido que pagar un precio muy alto... sé que anoche perdiste tu trabajo precisamente por salir corriendo.

–¿Cómo lo sabes?

Rico se encogió de hombros.

–A veces, los camareros son muy indiscretos. ¿Dónde está el padre de tu hija?

«Sentado delante de mí», pensó Gypsy, pero enseguida levantó la barbilla en un gesto orgulloso.

–Estamos solas.

–¿No tienes más familia?

Ella negó con la cabeza, intentando ignorar la sensación de soledad que provocaban sus palabras.

–Pues eso demuestra que tengo razón, ¿no?

–¿A qué te refieres?

–Te acostaste conmigo y luego con otro hombre poco después... porque no creo que dejases a una niña recién nacida con un extraño la noche que estuviste conmigo.

Gypsy negó con la cabeza.

–No, claro que no. Yo nunca haría algo así.

Rico Christofides sonrió, satisfecho. Aunque no sabía por qué.

–Mire, señor Christofides... Rico. No me gusta que estés aquí y quiero que te vayas.

–De modo que sabes quién soy. ¿Sabías quién era esa noche?

Ella negó con la cabeza de nuevo, sintiéndose enferma.

–No... no lo sabía. Lo supe a la mañana siguiente, cuando vi las noticias.

La televisión de la suite estaba encendida, aunque sin volumen. Rico debía haber estado viendo las noticias antes de marcharse y, para su sorpresa, Gypsy lo vio en la pantalla, afeitado y guapísimo con un traje oscuro, rodeado de fotógrafos frente a un edificio de aspecto estatal.

Atónita, había subido el volumen para ver quién era el hombre con el que se había acostado la noche anterior.

–Y sin embargo no te pusiste en contacto conmigo al saber quién era –dijo él.

Gypsy imaginó que en su mundo habría pocas mujeres que no quisieran aprovecharse de un revolcón con alguien como él.

–No, me marché. Cuando desperté, vi que te habías ido sin decirme adiós, pero dejando una nota que me hizo sentir como una fulana... pero si quieres que sea sincera, no me apetece seguir hablando de esto. Me gustaría que te fueras ahora, por favor.

En ese momento, un gemido salió del cochecito... un gemido que se convirtió en el habitual alarido. Lola había despertado de su siesta y exigía atención.

Capítulo 3

DE MODO que estaba enfadada porque se
había ido del hotel sin decirle adiós. Rico
se daba cuenta de que no sabía si atender a
la niña o empujarlo para que saliera de su apartamento.

–Mira, no es buen momento –dijo Gypsy entonces–. Por favor, déjanos en paz.

«Por favor, déjanos en paz».

Algo en esa frase, en el uso del plural, en su expresión casi asustada hizo que Rico clavase los ta-
lones en el suelo. Había alguna razón por la que
quería que se fuera. Se sentía amenazada, eso estaba
claro.

Y, para su sorpresa, los gritos de la niña no lo hacían salir corriendo en dirección contraria. Las palabras de Gypsy y su actitud lo tenían intrigado y
últimamente nada lo intrigaba. Quería respuestas a
su comportamiento, quería saber por qué estaba tan
desesperada por echarlo de allí. Y el llanto de la
niña no iba a hacer que se echase atrás.

Eso lo sorprendió, ya que los únicos niños con
los que tenía trato eran su sobrina de cuatro años y
su hermano pequeño. Aunque lo divertían de cuando
en cuando, especialmente su precoz sobrina, la

emoción de su hermanastro por ser padre lo dejaba perplejo.

Sencillamente, no entendía que a alguien le emocionasen tanto los niños. Él no tenía la menor intención de ser padre por el momento... sobre todo después de la infancia que su hermanastro y él habían soportado. Pero ese camino llevaba a amargos recuerdos que no estaba dispuesto a contemplar en ese momento.

Con una brusquedad provocada por esos pensamientos, Rico le espetó:

—¿No deberías atender a tu hija?

Suspirando, Gypsy se acercó al cochecito y apartó la capota transparente. De inmediato, la niña dejó de llorar y sonrió, contenta, cuando su madre la tomó en brazos.

En ese momento, el ruego de Gypsy de que «las dejase en paz» se repitió en la cabeza de Rico. Intuía que iba a pasar algo importante, lo cual era absurdo...

Gypsy miró a su hija y, a pesar de todo, tuvo que sonreír al ver su carita. Lola era una niña feliz y sonriente, de modo que resultaba imposible no responder de la misma forma. Gypsy se había castigado a sí misma incontables veces por su comportamiento esa noche, pero ni una sola vez había lamentado tener a Lola.

Automáticamente, empezó a quitarle el abrigo, intentando olvidar que Rico Christofides estaba mirando a su hija por primera vez. Apartando de su mente tan aterrador pensamiento, rezó para que Rico se marchase de inmediato.

Un niño llorando no era precisamente el mejor escenario para discutir una aventura de una noche. Además, Rico debía darse cuenta de que no estaba dispuesta a repetirlo.

Lola estaba totalmente despierta y, al ver a un extraño, levantó la cabecita y lo miró tímidamente, apoyándose en su mamá mientras se metía un dedo en la boca, una costumbre que había adquirido cuando Gypsy decidió intentar abstenerse de usar chupete.

Gypsy siguió la mirada de su hija, sabiendo lo que Rico Christofides estaría viendo: una niña de ojos grises rodeados por largas pestañas oscuras, una piel no tan pálida como la suya y unos rizos que resultaban difícil peinar. Era adorable. La gente la paraba por la calle continuamente para decirle lo guapa que era.

En ese momento, Lola sacó el dedo de su boca y la miró mientras señalaba a Rico Christofides, diciendo algo ininteligible. Luego empezó a revolverse y Gypsy la dejó en el suelo... para ver cómo se acercaba de manera tentativa al extraño. Cuando él la miró con cara de sorpresa, Lola volvió con su madre, que la tomó en brazos.

–¿Cómo has dicho que se llama? –le preguntó Rico, después de unos segundos de silencio.

Gypsy tuvo que controlarse para no cerrar los ojos, desesperada. Lo sabía. Tendría que ser ciego para no verlo. Tenían los mismos ojos y ahora que había vuelto a verlo se daba cuenta de que también tenían la misma barbilla... y la frente. Era como una versión femenina en miniatura de Rico Christofides, un sorprendente ejemplo de la naturaleza dejando la marca de un padre en su hijo para que no hubiese dudas.

–Lola –dijo por fin.

Como si tuviera que hacer un esfuerzo sobrehumano, y sin dejar de mirar a la niña, Rico preguntó:

–¿Cuántos años tiene?

Gypsy cerró los ojos en ese momento. El peso del destino y de lo inevitable sobre sus hombros. Aunque pudiera salir corriendo, tendría que cambiar su identidad para alejarse de Rico Christofides. Algo imposible considerando sus precarias circunstancias.

–Quince meses...

Por primera vez, Rico la miró y en sus ojos Gypsy pudo ver sospecha, certeza, horror... todo mezclado.

–Pero eso es imposible –empezó a decir–. Porque si tiene quince meses, a menos que te acostases con otro hombre inmediatamente antes o después de mí, esa niña... sería hija mía. Y como no te has puesto en contacto conmigo, quiero pensar que no es mía.

Gypsy abrazó a Lola, que parecía notar la tensión entre los dos adultos. No podía negarle la verdad ahora que estaba allí, de modo que miró directamente a Rico Christofides y tragó saliva.

–No me acosté con nadie más. No he estado con nadie más desde entonces –la mataba, pero tenía que decirlo–. Y no había estado con nadie poco antes de estar contigo.

No le pareció necesario mencionar que sólo había tenido otro amante, en la universidad.

–¿Estás diciendo que la niña es hija mía?

Gypsy asintió con la cabeza, sintiendo que su frente se cubría de sudor. Y en ese momento, aburrida por la falta de atención, Lola empezó a protestar.

–Tiene hambre, tengo que darle la merienda.

Gypsy colocó a Lola en su trona, intentando disimular que estaba al borde de la histeria. Porque a unos metros de ellas había un hombre que podía destrozar sus vidas.

Rico nunca se había llevado una sorpresa tan grande, tan monumental. El control que daba por sentado, el que había intentado ejercer en su vida desde que se marchó de casa a los dieciséis años, había caído como una precaria pared de papel.

Sabía que debería estar furioso pero, por alguna razón, no sentía nada. Era como estar en estado catatónico. En lo único que podía pensar era en esa frase: «por favor, déjanos en paz». Sólo podía pensar que cuando miró los ojos de esa niña fue como si diera un paso en falso, aunque ni siquiera estaba moviéndose.

Cuando levantó la mirada, su corazón había dado un vuelco dentro de su pecho y sintió como si estuviera cayendo por un precipicio.

Un precipicio de ojos grises exactamente del mismo color que los suyos.

En aquel momento le ocurrió algo curioso, como

si una esquiva pieza de sí mismo cayera en su sitio, algo que no había sabido que le faltara hasta entonces.

Era demasiado.

Sin pensar, actuando por instinto, salió del apartamento de Gypsy y bajó a la calle, donde su chófer esperaba apoyado en el coche. Rico abrió la puerta y buscó algo en el interior. Apenas se daba cuenta de que seguía lloviendo mientras sacaba una botella de whisky de la guantera y tomaba un largo trago.

Sujetando el cuello de la botella, Rico intentó entender lo que había pasado. Gypsy lo había engañado de la peor manera posible...

Él había creído que su padre biológico le había dado la espalda, pero en realidad no había sido así. Su madre y su padrastro se habían encargado de que lo creyera.

Y allí estaba Gypsy Butler, repitiendo la historia, sin decirle que había tenido una hija. Había intentado echarlo de su apartamento para que no lo averiguase...

Había jurado a los dieciséis años que nunca volverían a hacerle daño y ese juramento se había convertido en el lema de su vida cuando por fin encontró a su padre biológico y descubrió que les habían mentido a los dos... durante años. Desde entonces, la palabra «confianza» se había convertido para él en algo inservible.

La coincidencia de haber elegido precisamente ese restaurante la noche anterior hizo que sintiera un escalofrío. Qué cerca había estado de no saber nada sobre la existencia de su hija.

Rico miró hacia el portal, decidido, y volvió a guardar la botella de whisky en la guantera.

Sabía que su vida estaba a punto de cambiar para siempre y pensaba hacer que las vidas de Gypsy y Lola cambiasen a la vez. No iba a separarse de ellas nunca más. El sentimiento posesivo, y el deseo de castigar a Gypsy por lo que había hecho, eran como un incendio dentro de él.

Gypsy tuvo que hacer un esfuerzo para calmarse mientras terminaba de darle el puré de frutas a Lola, rezando para escuchar el rugido del deportivo. La velocidad a la que Rico había salido del apartamento había sido un alivio y un disgusto a la vez. Aunque era absurdo porque su peor pesadilla era estar en aquella situación. ¿Pero cómo podía Rico rechazar a su hija de ese modo?

Gypsy maldijo a Rico Christofides, aunque reconocía que había esperado que ésa fuera su reacción. Rechazarla, como había hecho su propio padre.

Se decía a sí misma que era lo mejor que podría haber pasado. Había tranquilizado su conciencia al contárselo a Rico y quería creer que era lo mejor. Al menos, podría decirle a su hija quién era su padre y que, sencillamente, la relación entre ellos no había funcionado. Tal vez la niña lamentaría vivir en tan precarias circunstancias teniendo un padre como él, pero como Gypsy sabía bien, un multimillonario no siempre era un buen padre.

Su propia vida había cambiado para siempre

cuando su madre, enferma y sin dinero, le había suplicado a su padre que se hiciera cargo de ella. Él era el propietario de la empresa donde Mary Butler trabajaba como limpiadora, un hombre tremendamente rico que se había aprovechado de su posición para acostarse con ella, después de hacerle todo tipo de promesas, y que la despidió en cuanto supo que estaba embarazada.

Incapaz de encontrar otro trabajo o pagar un alquiler, su madre se encontró en la calle. Y Gypsy había pasado sus primeros meses en un albergue para indigentes. Poco a poco, Mary había intentado rehacer su vida y, por fin, consiguió un piso subvencionado en una de las peores zonas de Londres.

Gypsy había sabido desde siempre que su madre era incapaz de seguir adelante, de modo que tuvo que aprender a cuidar de ella, de las dos. Hasta que un día volvió del colegio y la encontró tirada en el sofá, con un frasco vacío de pastillas en el suelo.

Los servicios de emergencia lograron salvar su vida y lo único que impidió que la llevaran a ella, entonces una niña de seis años, a una casa de acogida fue la promesa de su madre de enviarla a casa de su padre.

De modo que Gypsy terminó viviendo con su padre, un hombre que nunca la había querido. Y no volvió a ver a su madre jamás. Años después, descubrió que su padre la había dejado fuera de su vida a propósito.

Intentando olvidar tan tristes recuerdos, aguzó el oído, pero no había escuchado el motor del coche. ¿Qué estaba haciendo?

La puerta del apartamento seguía abierta y salió de la cocina para cerrarla...

Entonces oyó pasos en la escalera. Rico Christofides volvía. Asustada, intentó cerrar, pero era demasiado tarde porque una mano firme sujetó la puerta.

–No pensarías que iba a ser tan fácil librarte de mí, ¿verdad?

Capítulo 4

ANGUSTIADA, Gypsy vio que Rico Christofides entraba en su apartamento y cerraba la puerta con una incongruente suavidad, sus ojos grises clavados en ella, su expresión muy seria. La lluvia había vuelto a mojar su pelo y los hombros de su chaqueta.

Tenía una horrible sensación de *déjà vu*, la misma sensación que tuvo ese día, cuando encontró a su madre inconsciente. Todo estaba a punto de cambiar y ella no podía hacer nada para evitarlo.

La rabia que había sentido unos momentos antes, al pensar que había rechazado a Lola, se disipó bajo una amenaza mucho más potente. Rico Christofides estaba a punto de hacer lo mismo que había hecho su padre cuando ella tenía seis años.

–No te quiero aquí. No quería que supieras nada...

–Evidentemente, no querías que yo supiera nada –la interrumpo él–. Ha sido una suerte que eligiera ese restaurante ayer, entre los miles que hay en Londres.

Parecía furioso, pero Gypsy no tenía sensación de peligro.

–Se me hiela la sangre al pensar que he estado a punto de no enterarme.

–No me has dejado terminar. No quería que te enterases de este modo. Iba a decírtelo... por la niña.

Él arqueó una imperiosa ceja.

–¿Cuándo? ¿Cuando fuese mayor de edad? ¿Cuando fuera una persona adulta con una vida entera de resentimiento contra el padre que la había abandonado? Imagino que eso era lo que habías planeado. Le habrías dicho que su padre no quiso saber nada de ella...

–¡No! No había pensado decirle eso. Iba a contárselo y a ti también, te lo aseguro.

Sonaba falso incluso a sus propios oídos, pero era la verdad. Había querido esperar hasta que pudiera usar su título universitario para abrir una consulta de psicología infantil y ser solvente antes de darle la noticia. Sabía que no tendría defensa contra alguien como él a menos que pudiera demostrar que era una persona independiente y económicamente solvente. Y la actitud de Rico demostraba que había hecho bien.

Gypsy se dejó caer sobre un sillón mientras Rico Christofides la miraba sin un átomo de simpatía o preocupación, aunque sabía que debía haberse puesto pálida. Le daba miedo levantarse por si las piernas no la sostenían, pero reunió fuerzas, las que la habían ayudado a salir adelante completamente sola, y se levantó.

En ese momento, oyeron un grito en la cocina y los dos se volvieron para ver a Lola mirando de uno a otro, sus enormes ojos grises abiertos de par en par y los labios temblorosos. Gypsy se dio cuenta de que la niña notaba su angustia y se dirigió a la cocina para sacarla de la trona.

Con ella en brazos, volvió a mirar a Rico Christofides.

–Déjanos por ahora. Ahora sabes dónde estamos... y no necesito nada de ti. Ni Lola ni yo necesitamos nada de ti.

–Pues me temo que eso no es suficiente porque yo sí quiero algo de ti: a mi hija. Y hasta que pueda hablar por sí misma, yo decidiré lo que necesita.

Su tono autoritario le provocó un escalofrío. Le recordaba tanto a su padre que, instintivamente, Gypsy apretó a Lola contra su corazón.

–Yo soy su madre. Cualquier cosa que tenga que ver con su bienestar, será mi decisión. Yo decidí tenerla por mi cuenta, soy una madre soltera.

–Imagino que le habrás hecho creer a la gente que yo no quise saber nada, claro, que no quise hacerme cargo de mi hija. ¿Pusiste mi apellido en la partida de nacimiento?

Gypsy recordó haber mentido sobre eso en el hospital cuando fue preguntada. Pero se decía a sí misma que si no hubiera visto las noticias esa mañana no sabría quién era. Ella no solía mentir, pero la situación la había superado.

–No.

Gypsy dio un paso atrás cuando Rico se movió. Por un momento, había creído que iba a quitarle a Lola.

–Maldita sea, Gypsy Butler. ¿Cómo te atreves a negarle mi nombre? Tú sabías quién era.

–Estaba protegiendo a mi hija.

–¿De quién? No tenías derecho a tomar esa decisión.

–¡Claro que tenía derecho! Vi las noticias esa mañana... te vi en televisión, pero no sabía nada de ti. Pensé que jamás volvería a verte, así que hice lo que me pareció mejor.

Rico frunció el ceño.

–¿Qué tiene eso que ver?

–Vi que salías de un juzgado después de destrozar a una mujer que decía tener un hijo tuyo.

Él hizo un gesto con la mano.

–Tú no sabes nada de ese caso. Estaba intentando dar ejemplo para que ninguna otra mujer sintiera la tentación de creer que podía aprovecharse de mí.

Gypsy levantó la barbilla.

–¿Y entonces cómo puedes culparme por no decirte que estaba embarazada? Cuando te fuiste esa mañana, dejaste bien claro que no querías saber nada de mí. Y cuando vi cómo tratabas a una mujer que decía ser la madre de tu hijo...

Rico tuvo que contenerse para no decir que lamentaba su apresurada partida. Había llamado al hotel cuando terminó la vista, esperando que Gypsy siguiera en la habitación, pero se había ido. Y no iba a revelarle esa debilidad... especialmente sabiendo lo que sabía.

–La diferencia en este caso es que yo sé que dormimos juntos. A la otra mujer sólo la conocía de vista. Por eso insistí en una prueba de paternidad, para demostrar que estaba mintiendo.

–¿Y cómo iba yo a saber eso? Arruinaste su reputación públicamente, sacaste a relucir su pasado...

–Fue culpa suya, no mía. Creyó que no querría arriesgarme a demostrar que el niño no era hijo mío y tuvo que pagar las consecuencias. Le di la oportunidad de retirar la demanda de paternidad, pero no lo hizo, creyendo que sería un objetivo fácil y que le daría dinero sin protestar. Pero unas semanas después de la vista admitió que yo no era el padre. Créeme, no merece tu simpatía.

Gypsy se preguntó por qué se habría atrevido esa mujer a hacer algo así. Cualquiera se daría cuenta de que Rico Christofides no era un hombre que cediese bajo presión.

–Y, sin embargo, estás dispuesto a creer que Lola es hija tuya.

–Aparte de que tú me has dicho que lo es, podría serlo porque el preservativo que usé esa noche se rompió. Y cuando me aseguraste que no pasaría nada, te creí.

Lo único que Gypsy podía recordar era el momento en el que él se apartó para ponerse el preservativo y ella le urgió a que siguiera. Tal vez la culpa de que se hubiera roto el preservativo era suya por meterle prisa. Y después le había prometido que estaba a salvo, creyendo que no había razón para preocuparse. Pero no había tomado en cuenta lo errático que era su ciclo menstrual en los meses tras la muerte de su padre...

–Para mí también fue una sorpresa, te lo aseguro.

–Y, sin embargo, huiste de mí anoche sabiendo que era el padre de tu hija. Y es evidente que lo soy. ¿Me preguntas si lo creo cuando mirar a esa niña es como mirarme en un espejo? –exclamó Rico–. Pero no te preocupes, no soy tan ingenuo como para no hacer una prueba de paternidad, por si acaso. Tu insistencia en decir que no quieres nada de mí me hace creer que sí quieres algo.

–¿Qué voy a querer?

–No esperarás que crea que he dejado embarazada a la única mujer en el mundo que no quiere sacarme un céntimo, ¿verdad?

–No me he puesto en contacto contigo en estos dos años. Está claro que no quiero tu dinero –replicó ella.

–Tal vez pensabas buscarme cuando la niña estuviera tan delgada y desnutrida que tu historia conmoviese al público...

–No digas estupideces –lo interrumpió Gypsy.

–O tal vez disfrutas perversamente del poder de saber que le has negado un padre a tu hija.

Gypsy apretó a Lola contra su corazón, intentando apartarla de Rico.

–¿De verdad crees que querría criar a mi hija en un sitio como éste sólo para negarle un padre? Yo soy una buena madre y, a pesar de nuestras circunstancias, Lola tiene todo lo que necesita. Y es una niña feliz.

Rico se dio cuenta de que el cielo se había oscurecido aún más. Estaba lloviendo de forma torrencial y podía escuchar el insistente goteo sobre el alféizar de la ventana.

No podía entender a aquella mujer, ni la situación. Estaba seguro de ser el padre de Lola, lo sentía en sus huesos de una forma que no podría explicar. Entonces, ¿por qué no se había puesto en contacto con él en cuanto supo que estaba embarazada? Especialmente sabiendo quién era. Nada de aquello tenía sentido para él.

–¿Por qué no me lo contaste?

Gypsy se mordió los labios y cuando lo miró vio algo parecido al miedo en sus ojos.

–Porque quería proteger a mi hija y hacer lo que me parecía mejor para ella.

Rico sacudió la cabeza, sin entender.

–¿De qué tenías miedo?

–De esto –respondió ella.

–¿Cómo puede ser tu situación mejor de lo que yo puedo ofrecerte?

En ese momento, Rico imaginó lo mal que debía haberlo pasado. La sorpresa de descubrir que estaba embarazada y sola... no debería haberse separado de ella, debería haberla tenido en su cama todo ese tiempo. No sabía por qué había pensado esa tontería, pero de repente lo asaltó una curiosa sensación de tristeza.

Podrían haber llegado a algún tipo de acuerdo por Lola... pero sabía que no se contentaría con un acuerdo. Gypsy estaba en deuda con él. Se había perdido quince meses de la vida de su hija y Lola lo miraba como si fuera un extraño. Porque era un extraño para ella.

No quería recordar el cosquilleo de emoción que había sentido al saber que Gypsy no había vuelto a acostarse con ningún otro hombre, que él había sido su única aventura. Esa noche, Gypsy había sido torpe e inocente, y tan estrecha como una virgen. Ese recuerdo hizo que sintiera una punzada de deseo...

Gypsy levantó la barbilla en ese momento y él tuvo que hacer uso de todo su autocontrol para no apoderarse de su boca.

–Hay mucha gente que sale adelante ganando menos que yo. El dinero no lo es todo y no me apetecía nada tener que ir a juicio y salir en las revistas para demostrar que tú eras el padre de la niña. Fue mi decisión tener a Lola y, por lo tanto, es mi responsabilidad.

Rico tuvo que contener una oleada de preguntas. Sentía que había algo más, pero en aquel momento lo único que deseaba era sacarlas de aquel sitio espantoso. Tendría tiempo para hacerle preguntas más adelante. Gypsy estaba demostrando ser un enigma de proporciones monumentales, pero estaba seguro de que, a pesar de lo que decía, tenía algún plan. Todas las mujeres tenían un plan.

Capítulo 5

GYPSY esperaba que Rico aceptase su explicación, pero no le gustaba nada cómo la miraba. Y Lola estaba demasiado callada, mirando a Rico con los ojos muy abiertos y un dedo metido en la boca.

La señora Murphy, que cuidaba de la niña mientras ella iba a trabajar, había comentado muchas veces que Lola era una «niña mayor».

–Recoge tus cosas –dijo él entonces–. Nos vamos.

–¿Qué?

–Ya me has oído. Nos vamos de este sitio ahora mismo.

Gypsy negó con la cabeza, asustada.

–No pienso ir a ningún sitio contigo.

Rico se cruzó de brazos.

–¿Por qué? ¿Tienes que ir a trabajar a algún sitio? Ah, no, espera, ayer te despidieron de tu puesto de trabajo. De hecho, tú misma te fuiste del restaurante en plena jornada laboral... no es un gesto muy responsable para una madre soltera, ¿no te parece?

–¿Y quién eres tú para juzgar mi comportamiento? –replicó ella.

–¿Quién cuidaba de Lola mientras tú trabajabas?

Gypsy se puso a la defensiva.

–Una vecina mía. ¿Por qué?

–¿Dejas a mi hija con una extraña?

Gypsy puso los ojos en blanco.

–Millones de mujeres tienen que dejar a sus hijos con personas que los atienden mientras van a trabajar. ¿Qué clase de tontería es ésa? Además, la señora Murphy no es una extraña, la conozco desde hace tiempo y tiene mucha experiencia cuidando niños. Y Lola suele estar dormida cuando yo me voy a trabajar...

–Cuando trabajabas –la interrumpió Rico–. En cualquier caso, da igual. Este barrio no es apropiado para un niño y no quiero que estéis aquí ni una noche más.

Temblando por dentro a pesar de su fingida bravura, Gypsy replicó:

–No puedes venir aquí y decirme lo que tengo que hacer.

–¿Porque tienes una casa preciosa y una vida perfecta?

–¿Y quién eres tú para juzgar mi vida?

Rico se pasó una mano por el pelo.

–Este sitio no es aceptable para un perro y mucho menos para una niña pequeña. Vas a venir conmigo y lo harás esta misma noche.

Justo entonces Lola puso las manitas en su cara y Gypsy se dio cuenta de que las tenía frías. El hombre de la calefacción no había aparecido y ella sabía que aunque estuviese reparada no serviría de mucho porque era vieja. Sin un calefactor eléctrico se morirían de frío y había una gotera en la esquina del salón... y la pobre Lola acababa de pasar un resfriado.

Rico Christofides no podía haber elegido peor momento para encontrarla. O mejor, pensó amargamente.

–¿Qué le pasa? –le preguntó él, señalando a la niña.

–Está cansada. No durmió bien anoche y durante el paseo tampoco ha dormido mucho.

–Os llevaré en brazos si tengo que hacerlo, pero nos vamos de aquí –insistió Rico–. Me niego a seguir aquí un minuto más.

Avergonzada, Gypsy se dio cuenta de que no tenía fuerzas para luchar.

–¿Dónde piensas llevarnos?

–A mi apartamento. Es infinitamente más cómodo que esto, te lo aseguro. Y mi ama de llaves puede cuidar de Lola mientras nosotros hablamos.

Sintiendo como si estuviera despeñándose por un barranco, Gypsy por fin tuvo que claudicar:

–Muy bien, de acuerdo. Iremos contigo.

Todo fue increíblemente rápido. Gypsy puso a una soñolienta Lola en el cochecito mientras guardaba las cosas esenciales en una maleta, sabiendo que con una niña pequeña tenía que ser práctica.

Por fin, cuando estuvo lista, Rico tomó su abrigo del respaldo de la silla y la esperó frente a la puerta.

Lo había oído hablar por el móvil dando órdenes en griego y estaba mirándola con ojos helados, nada que ver con el seductor que había bailado con ella esa noche en la discoteca... aunque el efecto seguía siendo el mismo.

Pero Gypsy apartó ese pensamiento de su cabeza mientras tomaba la maleta y miraba el cochecito de la niña.

–Tengo que...

–Yo me encargo de eso mientras tú cierras la puerta. ¿Tienes una silla de seguridad para el coche?

–El asiento del cochecito es una silla de seguridad.

Antes de que Gypsy pudiera protestar o decir una sola palabra, Rico sacó el asiento del cochecito como si llevara toda la vida haciéndolo.

Y al verlo sujetando la sillita de la niña, sintió algo primitivo, algo traidor en su corazón. Le gustaría quitarle a su hija y, sin embargo, sus ojos se habían empañado. Gypsy hizo un esfuerzo para controlar las lágrimas, sabiendo que no podía mostrar emoción ante Rico Christofides, que no podía permitirse el lujo de ser vulnerable ante un hombre como él.

El chófer sujetaba un paraguas sobre sus cabezas mientras abría el maletero. Una vez dentro del coche, Gypsy se encargó de abrochar el cinturón de seguridad en la sillita. La niña no parecía asustada o preocupada, al contrario, estaba sonriendo de oreja a oreja y eso hizo que sintiera algo extraño en su interior.

Pero cuando el coche arrancó, Gypsy recordó algo.

–¡El cochecito!

Rico estaba abrochándole el cinturón de seguridad, como si ella no supiera hacerlo. Gypsy habría querido darle un manotazo cuando sintió que rozaba sus muslos... molesta por la punzada de deseo que había experimentado. Estaba demasiado cerca y no podía apartarse porque la silla de seguridad de Lola se lo impedía.

Su aroma, único y masculino, la envolvía, amenazando con despertar todo tipo de recuerdos. Y era humillante sabiendo que él no sentía lo mismo.

Claro que era lógico, ya que parecía poco más que una indigente con ese aspecto. Lo único decente que tenía era su ropa de trabajo y ya no podía usarla...

–El cochecito es el último de tus problemas. Cuando lleguemos a mi apartamento habrá uno nuevo esperando.

Gypsy intentó no dejar que el olor a cuero y la calefacción del coche la sedujeran.

–No puedes hacer esto –se rebeló.

–¿Qué?

–No puedes hacer lo que quieras sólo porque eres el padre de la niña.

–Tú misma te pusiste la soga al cuello al dejarme fuera de esto –replicó él–. Yo tengo tanto derecho a la niña como tú y ahora que conozco su existencia moveré cielos y tierra para que crezca sabiendo quién es su padre.

Luego se volvió hacia la ventanilla, su perfil serio, la mandíbula apretada.

Gypsy cerró la boca firmemente. Sabía que no tenía sentido seguir discutiendo. Los hombres como Rico Christofides y su padre eran implacables, no tenían tiempo para los demás y se cerraban en banda cuando no oían lo que querían oír.

Volvió la cabeza, con el estómago encogido, para mirar por la ventanilla las calles grises de Londres. Sólo esperaba que cuando Rico Christofides viese lo que era vivir con una niña pequeña decidiera salir corriendo.

Poco después llegaban al elegante barrio de Mayfair: calles limpias, coches caros, casas preciosas y gente con dinero. Había dejado de llover, casi como si hubieran dejado las nubes en la triste calle de Gypsy. Su padre había tenido un apartamento allí; un apartamento donde recibía a sus amantes...

El coche de Rico se detuvo frente a un elegante edificio con un toldo que ocupaba toda la acera y un conserje se apresuró a abrir la puerta. Gypsy sacó la sillita de Lola, que se había quedado dormida durante el viaje, y se quedó en la acera, con la silla en la mano, parpadeando, casi como si hubiera sido transportada a otro planeta o esperando despertar en cualquier momento y comprobar que todo aquello había sido un sueño.

Unos segundos después estaban en el ascensor, donde Rico pulsó el botón del ático. Un ático, por supuesto.

Cuando salieron del ascensor, Gypsy vio la figura oronda de una mujer de mediana edad dirigiendo a un montón de hombres que entraban con cajas.

–Necesito que todo esté colocado lo antes posible... ah, señor Christofides, ya ha vuelto. Como ve, ya ha llegado todo lo que pidió. Estará listo enseguida.

Rico puso una mano en la espalda de Gypsy.

–Gypsy, te presento a la señora Wakefield, mi ama de llaves.

La nueva simpatía que había en su voz la sorprendió. Le recordaba demasiado lo fácil que le había resultado seducirla. Sin mirarlo, Gypsy sonrió a la mujer, que la miró a su vez con curiosidad antes de mirar a Lola.

–Qué niña tan preciosa. Tengo una camita preparada para ella en el salón.

Más que sorprendida, Gypsy siguió a la mujer por un moderno vestíbulo hasta un salón enorme decorado en tonos grises y arena. El apartamento de un hombre soltero, estaba claro.

La señora Wakefield le mostró la camita que había hecho para Lola en el sofá y ella misma la arropó con una manta de cachemir.

–Yo tengo cinco hijas, pero ya son mayores. Crecen tan rápido que no se dará ni cuenta... y un día le dará un vuelco el corazón cuando aparezca con un novio y queriendo salir todas las noches.

Gypsy sonrió, pero no dejaba de observar a Rico por el rabillo del ojo. Se daba cuenta de que la miraba con expresión de censura, sin duda pensando en el tiempo que le había robado.

Con la promesa de volver pronto con té y sándwiches, la señora Wakefield los dejó solos en el enorme salón y Gypsy se dedicó a arropar a Lola durante unos segundos para evitar enfrentarse con Rico.

–¿Es normal que duerma tanto?

–Los niños duermen muchas horas –respondió ella.

–¿Y cómo voy a saber yo eso? Tú te has encargado de que no lo supiera.

Gypsy lo vio quitarse el abrigo con movimientos

53

bruscos antes de tirarlo sobre el respaldo de un sillón. Luego empezó a pasear de un lado a otro y ella
suspiró, agotada, mirando alrededor.

Los ventanales llegaban hasta el techo y desde
ellos se veía todo Londres. Desde allí, las nubes parecían más oscuras pero, a pesar del mal tiempo, era
un sitio precioso. Y nada práctico para una niña de
quince meses.

Gypsy se volvió, decidida a pesar del patético estado de su apartamento, a no dejar que Rico le pa-
sara por encima.

–No podemos quedarnos aquí. Este sitio no es
adecuado para una niña pequeña –le dijo, señalando
una mesa de cristal–. Hay esquinas puntiagudas por
todas partes... Lola es muy curiosa y tarde o temprano se haría daño.

–Yo me encargaré de que Lola esté protegida. En
veinticuatro horas, este apartamento será a prueba
de niños. Tendrás que encontrar una excusa mejor
para apartarme de vosotras –replicó él.

–Esos hombres... ¿qué traían en las cajas?

–Una cuna, un cochecito, un cambiador... le dije
a mi ayudante que comprase todo lo necesario para
un niño de quince meses. Si falta algo, dímelo.

–Pero yo sólo he venido a hablar... sólo he venido
por unas horas, una noche a lo sumo –protestó
Gypsy–. Mañana volveremos a casa. Yo tengo que
encontrar trabajo y Lola tiene su rutina... no puedes
decirme dónde voy a vivir, Rico. No necesitamos
todo eso para una noche, así que tendrás que devol-
verlo.

Rico dio un paso adelante y Gypsy tuvo que hacer un esfuerzo para no tomar a Lola en brazos y salir corriendo.

–Esa niña es mi hija y me he perdido quince meses de su existencia, quince meses –le recordó–. No importa que ahora mismo sea demasiado pequeña como para darse cuenta de la importancia de tener un padre, yo sí sé que es importante. De modo que a partir de hoy, estoy en su vida y en la tuya. Y tú, sin trabajo y viviendo en una cuchitril, no estás en posición de discutir.

Aunque sus palabras la horrorizaron, Gypsy debía admitir que por fin pisaba terreno firme. Al menos ahora sabía dónde estaba y con quién estaba lidiando.

–¿Me estás amenazando, Rico? ¿Estás diciendo que si me marchase con Lola ahora mismo usarías tu poder contra nosotras?

Él apretó la mandíbula. Sus ojos se habían vuelto tan oscuros que parecían negros en lugar de grises.

Por fin, dijo con una calma aterradora:

–Eso es exactamente lo que estoy diciendo. Si te marchases de aquí, tendrías que irte sola. Aunque tengo la impresión de que no harías eso.

La implicación de que dejaría que se fuera sin la niña hizo que Gypsy se enfureciera.

–Tienes razón, no me iría de aquí sin mi hija. En cuanto a mi situación... sí, ya lo sé, no estoy en condiciones de luchar contra ti en los tribunales. Conozco a los hombres como tú, Rico Christofides. No tienes el menor problema en aplastar a un contrario mientras consigas lo que quieres. Por el momento y como no tengo alternativa, me quedaré aquí, pero no tengo la menor duda de que en cuanto hayas visto lo difícil que es criar a una niña pequeña nos echarás de aquí para poder seguir con tu egoísta existencia. Y estoy deseando que llegue ese momento, te lo aseguro.

Gypsy se llevó una mano al corazón porque le costaba trabajo respirar y se regañó a sí misma por haber hablado demasiado. Pero como sabía por experiencia, sería absurdo luchar contra un hombre como él. Mejor darle la razón, dejar que interpretase el papel de padre durante unos días y esperar que se cansase. No tenía la menor duda de que lo haría, especialmente con bellezas pelirrojas como la de la noche anterior esperándolo.

Pero al pensar en Rico acostándose con esa mujer se le encogió el estómago.

Justo entonces la señora Wakefield entró en el salón con una bandeja de té y sándwiches y Lola despertó. Gypsy corrió para ayudarla a bajar del sofá y, automáticamente, la apartó de la mesa de cristal. Pero Lola, curiosa como era, salió corriendo hacia el ventanal, fascinada por la vista.

–¡*Pájado!* –exclamó.

La señora Wakefield dejó la bandeja sobre la mesa y se acercó para jugar con ella.

–Es muy alegre, ¿verdad?

Gypsy sonrió, alegrándose de la momentánea distracción.

–Sí, lo es. Pero cuidado con ella cuando tiene sueño o hambre.

La señora Wakefield alargó una mano y Lola la tomó, confiada.

–¿Qué tal si vamos a explorar el apartamento y

dejamos y a tu mamá y al señor Christofides tomando el té?

Antes de que Gypsy pudiera protestar, Lola salía
alegremente de la habitación con el ama de llaves,
dejando a su madre atrás. Y aunque se sentía orgu-
llosa de lo sociable que era su hija, también se sintió
absurdamente dolida.

Cuando se volvió, Rico estaba apartando una silla para ella.

–No te preocupes, no va a secuestrarla.

Gypsy no dijo nada. No era el momento de decir
nada más porque estaba demasiado nerviosa. Con
desgana, por fin se quitó la parka, sabiendo que no
volverían a su apartamento por el momento.

Rico sirvió el té y empujó un plato de sándwiches en su dirección. Seguía un poco sorprendido
por la conversación de antes. El hecho de que
Gypsy estaba proyectando en él algo que tenía gra-
bado en el alma era evidente. Y sospechaba que era
lo mismo que había impedido que le contase lo del
embarazo. ¿Pero qué era?

Entonces se prometió a sí mismo investigar la vida
de Gypsy Butler. No saber nada sobre la madre de su
hija era algo que no le gustaba nada. Si alguna vez hubiera contemplado la idea de tener un hijo, habría elegido a alguien basándose en la lógica y el intelecto.
La madre de su hijo no sería cualquier mujer y el niño
no sería concebido en un momento de pasión ciega...

Se le encogió el estómago al pensarlo. Porque
eso era exactamente lo que había pasado.

Pero, se dijo a sí mismo, él tenía los medios necesarios para controlar aquello. Para controlarla a ella.

La vio comer un sándwich con apetito y se preguntó cuándo habría sido la última vez que comió de manera apropiada. Esa ropa ancha escondía un cuerpo más delgado que dos años antes, aunque eso no impedía que siguiera siendo una chica increíblemente atractiva. O que él siguiera deseándola.

Abruptamente, se levantó con la taza en la mano y fue a mirar por la ventana. No le gustaba que pudiera excitarlo sin hacer absolutamente nada, sencillamente estando a su lado. O que a él le importase si estaba delgada o no. Y especialmente no le gustaba ese deseo de hacer todo lo posible para que volviera a tener un aspecto saludable.

Cuando se volvió, ella estaba mirándolo con sus enormes ojos verdes, casi como Lola lo había mirado en el apartamento, su melena rizada recordándole el espíritu libre que parecía el día que se conocieron, algo que lo había atraído como un imán.

Y que le hizo pensar por un momento que tal vez Gypsy Butler era una mujer a la que de verdad no le importaba su fortuna.

Pero se recordó a sí mismo lo que le había hecho. Lo peor que podría hacerle nadie a una persona. Tal vez no era una buscavidas, pero era algo peor. Era la clase de mujer que no dudaría en casarse con otro hombre y dejar que criase a la niña como si fuera su propia hija, sin saber los horrores que le esperaban a esa niña.

—Tú sabes que nunca te perdonaré por lo que has hecho, ¿verdad?

Capítulo 6

«TÚ SABES que nunca te perdonaré por lo que has hecho, ¿verdad?».

Esas palabras se repetían en la cabeza de Gypsy mientras intentaba dormir, sin conseguirlo, en la cama más blanda del mundo.

Había tardado mucho en dormir a Lola después de darle la cena y bañarla. El ático era demasiado excitante para ella y, además, tenía la atención no sólo de Rico sino de la encantadora señora Wakefield, que estaba siendo discretísima... aunque Gypsy la había visto mirando de Lola a Rico en varias ocasiones.

Ver a su hija corriendo por aquellas enormes habitaciones hacía que se le encogiera el corazón al recordar su apartamento...

Pero no debía ponerse triste. Ella vivía como le era posible.

La señora Wakefield le había enseñado todo el ático y la había llevado a una habitación grande, donde había puesto una cuna al lado de una cama de matrimonio. El vestidor, donde había organizado un cuarto de juegos para Lola, y el enorme cuarto de baño completaban la suite. Gypsy había visto también la suite de Rico, decorada en tonos oscuros, y aún más grande que la de invitados.

El ama de llaves le había enseñado luego la cocina y le había dicho dónde estaba todo lo que podría necesitar. Gypsy sonrió al ver que en la nevera y la despensa estaban todos los purés que había pedido. Y muchos más. Incluso había un monitor para que pudiese oír a Lola moviéndose por el apartamento.

La niña estaba durmiendo en ese momento y Gypsy podía escuchar su suave respiración. Normalmente era un sonido que la reconfortaba, pero tenía un nudo en el estómago esa tarde. Bueno, lo tenía desde que volvió a ver a Rico.

La noche anterior. Resultaba increíble pensar que apenas habían pasado unas horas. Pero ella había temido aquello desde el principio...

Y sin embargo, su conciencia la molestaba. Aunque Rico estaba siendo tan autoritario como lo había sido su padre, debía reconocer que, al contrario que John Bastion, Rico parecía aceptar a la niña.

Él entró en la cocina mientras se hacía un té y dijo fríamente:

—Mi médico vendrá mañana para tomar unas muestras biológicas de Lola y de mí para hacer la prueba de paternidad. Y no veo la necesidad de que vayáis a ningún otro sitio mientras esperamos. Una vez que quede probado que Lola es hija mía, lo primero que haremos es cambiar el apellido en la partida de nacimiento.

—Muy bien —logró decir ella.

—Si no te importa, tengo trabajo que hacer. Supongo que ya conoces el ático...

–Sí, la señora Wakefield me ha ensañado dónde está todo.

–Estupendo.

Poco después, Gypsy escuchó algo en el monitor. Rico había entrado en la habitación para ver a Lola y su corazón se encogió traicioneramente al oír que decía algo en su idioma.

Temblando, se dio cuenta de que aunque al contrario que su padre Rico aceptase que la niña era hija suya, el resultado sería el mismo. Rico Christofides quería hacerse cargo de su hija y la haría pagar a ella, como su padre le había hecho a su madre... aunque por diferentes razones.

En su caso, una vez que involucraron a los Servicios Sociales y su padre no tuvo más remedio que reconocerla, se aseguró de que no volviera a ver a su madre. Y años después, Gypsy descubrió que había muerto sola en un hospital psiquiátrico.

Gypsy siempre había sospechado que su madre no tenía ningún problema mental salvo una tendencia a la depresión debido a sus circunstancias. Era una mujer triste, dada al pesimismo y de carácter débil, pero nada que un poco de apoyo y cariño no pudiese haber arreglado.

Su padre había dejado a Mary fuera de su vida sin piedad y, aunque conocía su paradero, se había negado a ayudarla. Había dejado que se perdiera en un laberinto de hospitales psiquiátricos hasta que, por fin, murió. Tras la muerte de John Bastion, Gypsy había encontrado cartas de su madre suplicándole que la ayudase, suplicando que la dejase ver a su hija. Había sido insoportable.

Gypsy suspiró, intentando no pensar en ello, intentando no preguntarse por qué la noche que conoció a Rico le había sido tan fácil gravitar hacia un hombre como su padre.

Pero John Bastion había muerto y aunque se encontraba en una situación muy difícil, ella no era su madre. A ella no la separarían de su hija. Ella era mucho más fuerte y tenía más recursos. No dejaría que Rico Christofides se hiciera cargo de su vida y lucharía por su hija hasta su último aliento.

A la mañana siguiente, Rico estaba en la cocina leyendo el *Financial Times*, pero no era capaz de concentrarse. Y cuando miró alrededor hizo una mueca, viendo por primera vez lo que Gypsy había visto. Aquel sitio era un campo minado para una niña pequeña. Ver a Lola corretear de un lado a otro por la noche, teniendo que apartarla de algún peligro cada cinco segundos, lo había hecho sudar.

Se le encogió el corazón al recordar su vibrante energía y lo normal que le había parecido tenerla allí, lo rápido que había sentido que si alguien intentase hacerle daño a esa niña lo aplastaría sin piedad.

Era preciosa... más que preciosa. Era inteligente, curiosa, inquisitiva. Y debía reconocer, a su pesar, que Gypsy era una buena madre.

Encontrar a Gypsy en la cocina la noche anterior haciendo un té lo había hecho sentir... raro. Porque le había parecido natural. Era casi como si no pudiera recordar un momento en el que no hubiera estado allí, en el ático al que invitaba a sus amantes para obtener placeres temporales. La sensación lo había turbado, por eso le había hablado con tal frialdad.

Cuando vio a Lola dormida en su cuna, sintió una ola de emoción desconocida. Le temblaban las manos mientras se inclinaba para tocar su carita... suave como un pétalo de rosa. Y había sabido en ese momento que estaba enamorándose tal vez por primera vez en su vida.

En cuanto a su madre... Rico agradecía la opresión que sentía en el pecho al pensar en ella. Lo único que sentía por Gypsy era una singular e irritante atracción física y el deseo de vengarse, de castigarla por mantener a su hija en secreto.

En ese momento escuchó un grito de Lola por el monitor. La niña estaba llorando y sus gritos se volvieron ensordecedores. Rico se puso tenso. ¿Dónde estaba Gypsy? ¿Por qué no atendía a su hija?

Asustado, estaba a punto de ir a la habitación cuando escuchó la voz de Gypsy por el monitor.

–Buenos días, cariño. ¿Has dormido bien, mi amor?

Lola balbuceó algo como respuesta y, al escuchar sonido de besos, Rico sintió un calor extraño en el pecho.

–Seguro que sí. Mi niña es la más guapa del mundo...

Rico apagó el monitor bruscamente. El problema era que Lola también era su niña y cuanto antes lo aceptase Gypsy mejor.

Terminó su café de un trago y fue a su estudio a hacer unas llamadas.

Gypsy estaba terminando de darle el desayuno a Lola cuando Rico entró en la cocina. Inmediatamente, su corazón se aceleró y se sintió incómoda con los vaqueros anchos y la vieja camiseta de la universidad, aunque le daba rabia tener que preocuparse por su aspecto.

Lola rió, contenta, moviendo las manitas y, al hacerlo, enviando cucharadas de puré por toda la cocina mientras balbuceaba frases ininteligibles.

Nerviosa, Gypsy tomó un paño para limpiar el puré, pero él le hizo un gesto con la mano.

–Déjalo, la señora Wakefield se encargará.

–No quiero darle más trabajo...

–La señora Wakefield tiene un ejército de limpiadoras, no te preocupes –dijo él, mirando a Lola–. Espero que hayáis dormido bien.

–Sí, gracias. Es una suerte que Lola siempre duerma de un tirón. Además, ayer estaba cansada.

–Tú pareces cansada –dijo Rico abruptamente.

Y cuando Gypsy levantó la mirada vio que se había puesto colorado, como si estuviera enfadado consigo mismo por haberlo dicho.

–Trabajo mucho... bueno, trabajaba mucho.

Él miró su camiseta entonces.

–¿Fuiste a la Universidad de Londres?

–Estudié Psicología y me especialicé en psicología infantil.

–¿Cuándo terminaste la carrera?

–Hace dos años.

Unas semanas antes de conocerlo en la discoteca, aunque no iba a mencionar eso.

Rico por fin se acercó a la cafetera y Gypsy pudo respirar de nuevo.

–Tengo que salir a comprar pañales.

Él se volvió, con la taza de café en la mano.

–Yo me he tomado el día libre. El médico llegará en una hora para tomar las muestras y luego podemos ir juntos, si quieres. Hay un parque cerca donde la niña puede jugar un rato.... además, tenemos que irnos del apartamento, van a venir a colocar tapas en los enchufes y varias cosas más.

Gypsy lo miró, sorprendida por la velocidad a la que parecía adaptarse a sus nuevas circunstancias. Y también, debía reconocer, sorprendida de que no se hubiera ido a trabajar dejando atrás una nota impersonal.

No recordaba una sola ocasión en la que su padre, o la frívola de su madrastra, se hubieran tomado un día libre por ella. Ni siquiera a final de curso, ni siquiera el día que llegó a casa de su padre. La fría criada la había llevado a una habitación y le dijo que se quedara allí hasta la hora de la cena.

Sintiéndose amenazada y vulnerable por ese recuerdo, Gypsy le espetó:

–¿Temes que desaparezcamos si te das la vuelta?

–Digamos que no tengo mucha confianza en ti.

–Sí, bueno... voy a cambiar a Lola.

Rico dejó la taza de café sobre la encimera y, por un segundo, Gypsy hubiera podido jurar que veía un brillo de vulnerabilidad en sus ojos. Pero desapareció antes de que pudiese estar segura.

–Muy bien.

Cuando Gypsy sacó a Lola de la trona, Rico tuvo que hacer un esfuerzo para controlarse. Por un segundo, había sentido el impulso de ofrecerle su ayuda. Tal vez porque quería conocerla mejor, saber qué hacía cada mañana.

Pero se obligó a sí mismo a recordar que de no haber visto a Gypsy en el restaurante por casualidad, seguiría sin saber que tenía una hija.

Gypsy entró en el dormitorio por la tarde, agotada y, se sentó en la cama un momento. Después de que el médico tomase las muestras de saliva de Lola y Rico, se habían abrigado bien para salir a la calle. Rico no se apartaba de su lado porque, evidentemente, no confiaba en ella. Pero Gypsy no podía hacer nada al respecto. Y debía reconocer que no le molestaba su compañía, al contrario.

Salvo cuando insistió en pagar los pañales, para disgusto de Rico. Parecía tan fuera de lugar en la farmacia...

Luego habían ido a un parque, donde Rico se concentró en Lola, que parecía encantada con sus atenciones. Y ahora, después de la tensión de las últimas horas, sus defensas estaban temblando.

La certeza de Rico de que Lola era hija suya seguía sorprendiéndola. Y que Lola estuviera en el salón en ese momento jugando con él la hacía sentir extraña.

Pero sacó fuerzas para entrar en el vestidor... y se quedó inmóvil.

Había notado la expresión desdeñosa de Rico esa mañana al ver su ropa, pero no había vuelto a pensar en ello. Y se quedó atónita al ver vestidos nuevos para Lola y para ella colgados en perchas o metidos en cajones. La cuna de Lola había sido colocada en una pequeña alcoba al lado del baño, con más accesorios...

El recuerdo de su padre hizo que se le nublara la vista. A los trece años, Gypsy se había quedado hipnotizada al ver la cantidad de ropa que le había comprado... hasta que se dio cuenta de que todo era demasiado grande o demasiado pequeño. Y que lo había comprado para cuando tuvieran que salir juntos en público, no por afecto. Su padre la había obligado a ponerse esos vestidos, sin entender que una niña a punto de convertirse en adolescente tenía un cuerpo que se desarrollaba a toda velocidad.

Y Rico había hecho lo mismo. En ningún momento le había pedido opinión o sugerido que fuesen de compras juntos. Sencillamente, estaba comprándolas con dinero.

Gypsy tomó unos vestiditos infantiles, con sus ostentosas etiquetas de diseño, y se dirigió al salón. Rico estaba frente al ventanal, con Lola en brazos, y se dio la vuelta para mirarla con frialdad.

–¿Qué significa esto? –le espetó Gypsy.

–Las dos necesitáis un vestuario nuevo.

–Ya te he dicho que no necesito tu dinero. Gastarse una fortuna en vestidos es una extravagancia...

–La niña necesita ropa.

–En el vestidor hay ropa para vestir a un pueblo entero. Y Lola crece tan rápido que la mayoría de estos vestidos no le valdrán en unos meses.

Rico apretó los labios y Gypsy pensó que estaba siendo injusta. Porque tenía la sensación de que le había hecho daño.

—Es mi obligación encargarme de las necesidades de mi hija. Y mientras tú vivas bajo mi techo, no saldrás de mi casa vestida como una indigente.

—No, por favor —dijo Gypsy, irónica—. No vamos a avergonzar al poderoso Rico Christofides —añadió, dejando los vestidos sobre la mesa—. Dame a la niña, es la hora de su cena.

Después de un interminable momento de tensión, por fin Rico le entregó a la niña.

—Estaré en mi estudio toda la tarde. Si tan preocupada estás por la ropa, aparta la que no necesites y la devolveré a la tienda.

Cuando salió del salón, Gypsy se sintió como una mala persona. Pero no podía hacer nada.

Un par de horas después, sentada frente a la cuna de Lola, vio que se le cerraban los ojitos. Y seguía sintiéndose culpable porque Rico estaba confirmando todas sus sospechas y, sin embargo, confundiéndola al mismo tiempo. La imagen de Lola en sus brazos seguía clara en su mente y sabía que era una cobarde por no reconocer lo que la hacía sentir. Y también sabía que su reacción a la ropa tenía más que ver con los amargos recuerdos del pasado que con la presente situación.

Al mismo tiempo, en su estudio, Rico hablaba por teléfono.

–Se llama Gypsy Butler. Quiero que averigües todo lo que puedas sobre ella. Cueste lo que cueste.

Después de colgar, Rico tomó otro trago de whisky y se pasó una mano por la cara. Las mujeres no lo afectaban, no lo habían afectado nunca. Estaban allí, y él siempre elegía a la más guapa o a la más dispuesta. Hasta esa noche, cuando todo lo que creía conocer le había explotado en la cara.

Ninguna mujer, jamás, había hecho que sintiera el deseo de estrangularla y besarla al mismo tiempo.

Besando a Gypsy conseguiría paliar la constante presión que sentía en la entrepierna, pero estaba seguro de que ella le daría una bofetada. Se ponía tensa cada vez que estaban juntos, pero sabía que se sentía atraída por él. La atracción estaba entre ellos como una corriente eléctrica.

Dominar a aquella mujer se estaba convirtiendo en una obsesión y hacerlo sería muy dulce. Por primera vez en su vida, el trabajo había pasado a ser algo secundario.

Ir de compras era algo que no había hecho en mucho tiempo y le recordaba la noche que conoció a Gypsy, cuando tuvo que entrar en una farmacia a toda prisa para comprar preservativos, como un adolescente con las hormonas descontroladas.

Se había sentido incómodamente expuesto cuando ella le echó en cara que hubiese comprado tanta ropa para la niña. ¿Cómo iba a explicarle que había querido aprovechar la oportunidad para darle a Lola todo lo que no había podido tener hasta ese momento? Se había sentido expuesto y débil. Nadie le había hecho sentir así en mucho tiempo y no le gustaba nada.

Tal vez cuando se hubiera acostado con Gypsy, podría ver con más claridad qué lugar debía ocupar en su vida. Ella tenía que querer algo a pesar de su enfado por haber gastado tanto dinero. Y también había insistido en pagar los pañales...

Rico no recordaba la última vez que una mujer había insistido en pagar nada, pero una vez que supiera qué quería Gypsy Butler y cuáles eran sus debilidades, podría manipularla. Lo importante en aquel momento era conseguir que las dos dependiesen de él porque no iban a ir a ningún sitio.

Al día siguiente, Gypsy echaba humo por las orejas mientras paseaba por el salón, admirando la fabulosa vista de Londres. El ático estaba en silencio. La señora Wakefield se había ido a casa y Lola estaba dormida.

Cuando despertó esa mañana, Gypsy había encontrado una nota de Rico:

Estaré en la oficina todo el día. Llámame si necesitas algo.

Era un alivio, pero si tenía que ser sincera consigo misma, la verdad era que también había sentido algo muy parecido a la desilusión.

Más tarde, mientras estaba dejando en el pasillo las bolsas de ropa que Lola y ella no iban a necesitar, Gypsy vio unas revistas.

La señora Wakefield le había confiado que las revistas del corazón eran su debilidad y decidió

echarle un vistazo a una de ellas... pero de inmediato lamentó haberlo hecho. Porque en la portada
había una fotografía de Rico, Lola y ella en el parque el día anterior.

Rico tenía a la niña en brazos y ella estaba a un
lado, sonriendo. No recordaba por qué estaba sonriendo y le parecía una traición. El titular decía: *El
magnate Rico Christofides y su familia secreta.*

Horrorizada, Gypsy tiró la revista e intentó ponerse en contacto con él, pero su secretaria le dijo
que estaba en una reunión y no podía ponerse al teléfono.

—¿Quiere dejar un mensaje?

—Sí, quiero dejar un mensaje. Dígale al señor
Christofides que su *familia secreta* quiere hablar
con él.

Lo había planeado él mismo, estaba segura. Había querido asegurarse de que todo el mundo supiera que tenía una hija para que no pudiera dar un
paso sin que la siguieran.

Cuando llamó al conserje, el hombre le confirmó
que había fotógrafos en la puerta. Y pensar que le
había parecido enternecedor que Rico hubiera querido llevarlas a su casa...

La puerta se abrió en ese momento y Rico entró
en el salón, quitándose la corbata con expresión
cansada.

—Gracias por devolverme la llamada —le dijo,
sarcástica.

—Me han dado el mensaje, no te preocupes.

—¿Has pensado que si no hubiera visto la revista
y hubiera salido a dar un paseo con Lola, esos fotó-

grafos se habrían lanzado sobre nosotras? No hemos podido salir de casa en todo el día... una niña pequeña encerrada en un apartamento, por grande que sea, no es una experiencia muy agradable, te lo aseguro.

Rico dio un paso hacia ella mientras tiraba la corbata sobre el sofá.

–Había un guardaespaldas en la puerta. No te habría pasado nada.

Gypsy levantó las manos.

–¿Y cómo iba a saberlo? ¿Por qué no me lo habías dicho? Además, ¿de qué serviría un guardaespaldas con treinta fotógrafos persiguiéndonos por la calle? Lola se habría asustado...

–No he podido llamarte porque estaba en una reunión. Estamos en medio de unas negociaciones muy importantes...

–Sí, ya me lo imagino –lo interrumpió Gypsy–. Nada es más importante para ti que una reunión o ganar un millón más.

–Yo sabía que Lola y tú estabais a salvo. De haber pensado que corríais peligro...

–Nos hemos visto obligadas a quedarnos en casa como dos fugitivas. Por no decir que nuestra fotografía ha aparecido en las revistas y todo el mundo se preguntará quiénes somos.

Gypsy se angustió al pensar que alguien podría descubrir su pasado. Temía que si Rico descubría quién era su padre y lo que había hecho cuando murió lo usaría contra ella, usaría esa información para hacerla parecer una madre inadecuada. Y si descubría el problema mental de su madre....

–Me iré mañana y me llevaré a Lola. Tu plan no va a funcionar, Rico. Yo tengo derechos como madre de la niña. Te he dado una oportunidad, pero no voy a dejar que pongas nuestras vidas patas arriba... –Gypsy iba a pasar a su lado, pero Rico la tomó del brazo–. Suéltame.

–No vas a ningún sitio. Aún no tenemos el resultado de la prueba y esos fotógrafos os seguirían y os molestarían hasta conocer todos los detalles de tu vida.

–Y eso es exactamente lo que tú habías planeado, ¿verdad?

–Yo no he tenido nada que ver.

–¿Esperas que crea que no sabías nada de las fotos? ¿Por qué lo has hecho, para manipularme?

–No –contestó Rico, como si lo hubiera insultado–. Los paparazzi me siguen siempre. Admito que sabía que estaban por aquí ayer y sí, admito también que no me molestaba que hicieran fotografías, pero yo no sabía que el asunto iba a despertar tanto interés.

Seguía sujetando su brazo y cuando Gypsy intentó apartarse, él no la soltó.

–No te importaba que hiciesen fotografías porque sabías que, de ese modo, yo no podría ir donde quisiera. Pero me llevo a Lola... y nos iremos de Londres si es necesario.

Cuando iba a darse la vuelta, Rico la tomó del brazo y Gypsy perdió el equilibrio. Sólo permaneció en pie porque él la sujetó por la cintura. Pero cuando la miró, se sintió como hipnotizada por sus ojos. Horrorizada, se dio cuenta de que ya no recordaba por qué Lola y ella tenían que marcharse de allí. Había vuelto atrás en el tiempo y era como si mirase a Rico por primera vez.

Rico tampoco recordaba de qué estaban hablando. Había olvidado el sentimiento de culpa que sintió tras las acusaciones de Gypsy... aunque él no había querido que los fotógrafos la persiguieran, sí había visto la ventaja de hacer público que tenía una hija. Pero ahora, mirando los ojos verdes de Gypsy, todo eso era un borrón.

—Maldita sea —murmuró, con voz ronca—. Sigo deseándote. No he podido olvidarte, por mucho que lo intentase. Por eso fui a buscarte.

Gypsy tragó saliva, intentando contener los salvajes latidos de su corazón. Su furia había desaparecido bajo una ola de deseo tan poderosa que la hacía temblar. Pero no podía ser, no podía dejar que...

—¿Pensabas en mí incluso cuando estabas en la cama con esa pelirroja?

Rico soltó una carcajada.

—¿Estás celosa? Porque si lo estás, eso significa que tampoco tú has podido olvidarme.

—Vete al infierno —le espetó ella, temblando.

—Si yo voy al infierno, tú vendrás conmigo.

Cuando Rico tiró de ella, la delgada camiseta no fue barrera contra su cuerpo. Por un segundo, Gypsy intentó decir algo negativo, pero sus alientos estaban mezclándose y cuando se apoderó de su boca sintió que estaba perdida...

Sintió que volvía atrás en el tiempo, a la puerta de la discoteca, cuando puso la mano sobre la boca de Rico para que no le dijera su nombre porque no quería que la realidad se inmiscuyese en ese momento. Y él la había besado por primera vez. Su boca era dura y firme y, sin embargo, lo bastante suave como para hacer que Gypsy se derritiese.

Dejando escapar un gemido, Rico buscó su lengua, besándola con erótica maestría mientras sujetaba sus caderas con las dos manos y ella se agarraba a sus hombros porque se le doblaban las rodillas.

Estaba ardiendo; ardía cada vez que pensaba en Rico Christofides. Como si hubiera leído sus pensamientos, él apretó sus nalgas con sus grandes manos y mientras se besaban desesperadamente, como si los dos se dieran cuenta de la pasión que se habían perdido durante esos años, Gypsy levantó las manos para acariciar su pelo...

Dejando escapar un gemido de impaciencia, Rico levantó la camiseta para acariciar sus pechos...

Pero en ese momento escucharon un ruido en el monitor y los dos se quedaron inmóviles, Gypsy agarrada al cuello de Rico y él acariciando sus pechos por encima del sujetador.

Ningún otro sonido salió del monitor, pero ella utilizó ese parón para apartarse de Rico, que se quedó donde estaba, despeinado e increíblemente atractivo, sus ojos tan oscurecidos por la pasión que parecían negros.

Gypsy dio otro paso atrás, nerviosa.

–No sé... ha sido...

–Eso es algo que retomaremos más tarde –dijo Rico–. Sin interrupciones.

Gypsy tembló cuando él dio un paso adelante.

–Acaba de quedar claro que el deseo que hay entre nosotros no ha muerto. Podría hacerte el amor aquí mismo...

–No me toques.

–No vas a ir a ningún sitio, Gypsy. Y si te marchas, te encontraré. Vayas donde vayas, te traeré de vuelta. Lola y tú sois mías ahora y siempre seréis mías...

Gypsy dio un salto al oír por el monitor que Lola la llamaba.

–Te odio –murmuró.

Rico sonrió, burlón.

–Yo también te odio a ti. Pero, a pesar de la mutua antipatía, parece que seguimos deseándonos el uno al otro.

Ella hizo un esfuerzo sobrehumano por calmarse y, con las piernas temblorosas, salió del salón para atender a su hija.

Capítulo 7

RICO se dejó caer en el sofá. En realidad, le temblaban las piernas y su corazón latía a toda velocidad a pesar de la frialdad que había intentado fingir mientras hablaba con Gypsy.

Tocarla, besarla, estar a su lado otra vez había sido el más poderoso afrodisíaco. Si no hubieran sido interrumpidos por Lola, le habría quitado la ropa para hacerle el amor allí mismo. Sentía un deseo que sólo había sentido una vez, la noche que la conoció.

Era increíble que la pasión lo hubiera hecho perder la cabeza de esa forma, pero que Gypsy dijese que pensaba marcharse había desatado un deseo posesivo tan intenso que lo había dejado de piedra.

A través del monitor podía escuchar los balbuceos de Lola y la voz de Gypsy, sospechosamente ronca, diciendo:

−¿Qué pasa, cariño? ¿Te has despertado?

Pero entonces el sonido se interrumpió abruptamente, como si Gypsy hubiera apagado el monitor. Y Rico tuvo que contenerse para no ir a la habitación y exigir de manera irracional que volviera a encenderlo.

El viernes por la mañana, Gypsy recibió la llamada que temía. La que de manera irremediable significaba el final de la libertad que Lola y ella habían disfrutado hasta entonces.

Con voz helada, Rico le informó de que tenía en su mano el resultado de la prueba de paternidad y que, por supuesto, confirmaba que él era el padre de la niña.

«Podrías haberte ahorrado tu preciso dinero», estuvo a punto de decirle. Pero no lo hizo. Sencillamente asintió cuando le dijo que hablarían cuando llegase a casa.

Mientras las señora Wakefield le daba el almuerzo a Lola, Gypsy paseaba de un lado a otro, inquieta. Estaba nerviosa desde el beso, unas noches antes. Desde entonces había intentado evitar a Rico en lo posible, pero sus ojos grises la seguían a todas partes. Aunque había trabajado hasta muy tarde esos días, confirmando que ése sería su patrón de comportamiento a partir de entonces.

Y empezaba a asustarse de verdad porque estaba claro que su mente no podía controlar su cuerpo cuando se trataba de aquel hombre. Su cuerpo deseaba a Rico de tal forma que soñaba con él cuando estaba dormida y lo deseaba cuando estaba despierta.

Odiaba ser tan débil, odiaba saber que aunque Rico quería controlar su vida ella seguía deseándolo.

Unos minutos después, se abrió la puerta y lo vio entrar en la cocina. Rico miraba a Lola, que estaba charloteando con la señora Wakefield, con una expresión tan seria que se asustó aún más.

–Señora Wakefield, le presento a mi hija... Lola.

La mujer sonrió afectuosamente.

–Bueno, eso podría habérselo dicho yo en cuanto la vi. Es su vivo retrato.

Rico se volvió entonces para mirar a Gypsy y su expresión cambió por completo. La odiaba. La odiaba ahora que tenía la prueba de que él era el padre de la niña.

Luego se volvió hacia el ama de llaves.

–¿Le importaría llevar a la niña a dar un paseo? Tengo cosa que discutir con Gypsy.

Cuando el ama de llaves desapareció discretamente, Rico se volvió hacia ella.

–Vamos a mi estudio.

Gypsy lo siguió por el pasillo hasta el estudio, una habitación oscura llena de libros. Tan oscura como sus pensamientos.

Rico se volvió mientras Gypsy cerraba la puerta y se apoyó en el escritorio, cruzando los brazos.

Ella lo miró con ese gesto de desafío al que ya empezaba a acostumbrarse y, de repente, sintió el deseo de protegerla, de consolarla. Sin maquillaje, con el pelo sujeto en una coleta que le gustaría deshacer, parecía tan joven, tan inocente....

Pero enseguida contuvo ese impulso.

Eso era lo que te hacía el deseo, nublar tu capacidad de pensar con claridad, de ver lo que era real y lo que no. Y la realidad era que Gypsy no era inocente. Tal vez no era una mercenaria en busca de dinero, aunque aún no estaba seguro del todo, pero sí una mercenaria en otro sentido, mucho peor.

De no haberse encontrado con ella, jamás habría sabido que tenía una hija y estaba claro que no iba a responder con sinceridad. Gypsy no confiaba en él, como él no confiaba en ella... al menos, en eso estaban de acuerdo.

Pero tenía que ser frío, dejarle claro quién era el que tenía todas las cartas en la mano.

—Querías hablar, ¿no?

—Como te he dicho antes, ahora tengo la prueba de que soy el padre de Lola.

Gypsy cruzó los brazos, sin darse cuenta de que el gesto levantaba sus pechos, y Rico tuvo que apartar la mirada.

—¿Y bien?

—Eso significa que tengo derecho a actuar como su padre, a protegerla, a cuidar de ella y a tomar decisiones sobre su futuro, ya que es mi heredera.

Gypsy apretó los labios.

—Muy bien, puedes hacer eso. Pero deja que sigamos adelante con nuestras vidas... podemos llegar a un acuerdo de custodia...

—¿Crees que voy a dejar que vuelvas a ese agujero que llamas apartamento con mi hija? —la interrumpió él—. No estoy interesado en un acuerdo de custodia y tampoco pienso vivir en este país.

—¡No puedes hacer eso! Te llevaré a los tribunales.

—¿Con qué? No tienes dinero, no tienes trabajo. Créeme, Gypsy, yo tengo los mejores abogados y un juez me daría la custodia a mí porque estoy en mejores circunstancias económicas. Tienes un título universitario, pero has estado trabajando como camarera y ahora mismo no tienes empleo. Y aunque lo encontrases, necesitarías llevar a la niña a una guardería o contratar a una niñera...

–Muy bien –lo interrumpió ella–. Entonces dime lo que quieres.

–Lo que quiero son los quince meses que me debes. Quiero que Lola y tú viváis conmigo quince meses para que no vuelva a perderme un segundo de la vida de mi hija.

Esta vez, Gypsy tuvo que agarrarse al respaldo de una silla para no caer al suelo.

Tenía que estar actuando, pensó Rico. Esa aparente vulnerabilidad no era real, no podía serlo. ¿Qué había de malo en vivir durante quince meses como una multimillonaria?

–Quince meses –repitió ella–. ¿Y luego nos dejarás ir?

¿Por qué su deseo de alejarse de él lo molestaba tanto?

–Después de esos quince meses, te ayudaré a encontrar un empleo y un apartamento decente… siempre que no me pongas impedimentos para ver a mi hija cuando quiera y para tomar decisiones sobre su futuro.

Gypsy apretó los puños.

–¿Y mientras tanto, cuál es el plan, llevarnos de país en país? ¿Qué clase de vida es ésa para una niña pequeña? Lola necesita una rutina, no un padre que la lleva por todo el mundo. ¿O piensas dejarnos en un apartamento como éste y visitarnos cuando te dé la gana?

Gypsy miró a Rico, sintiendo como si estuviera a punto de explotar. Su gesto de satisfacción por haber conseguido lo que quería le resultaba despreciable. Necesitaba espacio, necesitaba respirar. Tenía que digerir aquello, aunque sabía que no podría luchar contra él.

—Al contrario, mi cuartel general está en Grecia. Vivo entre Atenas y la isla de Zakynthos. Es la primera vez que vuelvo a Londres en... dos años.

Lo había dicho como si estuviera recordando esa noche y eso hizo que el aire se cargase de electricidad. Sintiendo algo parecido a la claustrofobia, Gypsy exclamó:

—No pensarás.... no querrás que nos casemos, ¿verdad?

Rico levantó las cejas.

—¿Eso es lo que quieres? ¿Es lo que estabas esperando?

—No, yo no...

—Curiosamente, yo no tengo el menor deseo de casarme con alguien que se cree con el derecho de negarle una hija a su padre. Si algún día me caso, será con alguien que entienda el concepto de honestidad y confianza.

Gypsy se levantó entonces.

—Los hombres como tú no saben lo que significa la palabra honestidad. Y si tuviese que volver a hacerlo, te aseguro que haría lo mismo.

Esperaba que Rico se apartase, pero no lo hizo.

—No he terminado. No te he dicho qué más quiero.

Ella se puso tensa al ver el brillo de sus ojos.

—¿Qué más quieres? ¿Es que no has pedido ya más que suficiente? ¿Qué más puedo darte?

—A ti.

Ella lo miró, perpleja.

—No... no. Yo no te deseo.

—Deja de mentirte a ti misma.

Rico tomó su cara entre las manos y, horrorizada, Gypsy notó que se quedaba sin respiración.

—Rico, por favor no...

Él negó con la cabeza.

—No puedo evitarlo.

Sin soltar su cara, inclinó la cabeza para buscar
sus labios en un beso apasionado y sorprendente-
mente tierno, como si la tensión y la animosidad
que había entre ellos fuera una ilusión. Si hubiera
sido un beso duro, cruel, Gypsy se habría apartado de inmediato, pero aquello... aquello era diferente.

Sin darse cuenta, emitió un gemido de capitulación y Rico se apretó contra ella, soltando la cinta
de la coleta para acariciar su pelo.

En unos segundos, se encontró sentada sobre
Rico en un sillón, con una pierna a cada lado. Dejando escapar un suspiro, Gypsy tuvo que poner las
manos sobre su torso para no caer sobre él, pero el
gesto le transmitió los fuertes latidos de su corazón
y supo que estaba perdida.

Rico levantó la camiseta para tocar su piel y ella
se dio cuenta de que arqueaba la espalda, pero no
podía evitarlo. Estaba en otro mundo, donde la realidad no existía.

Rico le quitó la camiseta y el sujetador y, después de un segundo de vacilación, empezó a besar
su cuello, su garganta, el valle entre sus pechos.

Gypsy temblaba de arriba abajo, deseando estar

aún más cerca. Y como si él hubiera escuchado el silencioso ruego, se movió para que su entrepierna entrase en contacto con la suya.

–Eres tan preciosa... –murmuró–. Nunca te he olvidado... he soñado con esto tantas veces.

Esas palabras hicieron que Gypsy se derritiera. Poniendo las manos sobre sus hombros, sólo pudo gemir de placer mientras él acariciaba sus pechos y se inclinaba para pasar la lengua por una aureola antes de rozar la punta con la lengua.

Sin darse cuenta de lo que estaba haciendo, empezó a desabrochar los botones de su camisa con manos febriles. Por fin, con la camisa abierta, Gypsy puso las manos sobre el ancho torso cubierto de suave vello oscuro. Pero al ver un brillo de deseo en sus ojos, sintió algo parecido a la ternura que la desorientó por un momento. Y la inquietó porque era lo mismo que había sentido la noche que se acostaron juntos. Por eso, descubrir que estaba sola por la mañana y ver la fría nota había sido como una bofetada.

Pero Rico no le dio tiempo para pensar en ello porque, de nuevo, buscó su boca y la besó hasta dejarla mareada mientras metía una mano bajo la cinturilla del vaquero para acariciar sus nalgas, apretándose contra ella para que notase su erección. Y aunque la ropa actuaba como barrera, el recuerdo de lo que había sentido esa noche hizo que viera estrellitas bajo lo parpados.

Instintivamente, empezó a mover las caderas buscando más fricción. Él no dejaba de besarla, su boca tan ardiente como un volcán. Con una mano acariciaba su trasero mientras metía la otra bajo sus braguitas para acariciar el húmedo centro de su deseo mientras Gypsy se movía adelante y atrás.

Casi sollozando, porque sabía que Rico estaba controlándola, mostrándole lo débil que era, Gypsy se dejó ir. Dejando escapar un grito, sintió unos espasmos de placer tan intensos que tuvo que agarrarse a los hombros de Rico como si fuera un ancla durante una tormenta.

Unos segundos después, cuando recuperó la cordura, vio que estaba medio desnuda en su estudio y que había tenido un orgasmo por primera vez en dos años.

Gypsy se apartó de un salto mientras Rico se quedaba en el sillón, con la camisa abierta y el cabello despeinado, mirándola con gesto burlón.

Agitada, tomó la camiseta del suelo y se la puso con manos temblorosas, sin importarle que estuviera del revés. O dónde estuviera su sujetador. Luego, dejando escapar un gemido de angustia, salió del estudio.

Y lo único que escuchó tras ella fue la risa de Rico.

Gypsy se encerró en el cuarto de baño, abrió el grifo de la ducha y se desnudó a toda prisa. Sólo cuando estuvo bajo el agua dejó escapar lágrimas de humillación y rabia. Rico había demostrado lo que quería, que él tenía el poder sobre la situación, sobre Lola y, lo peor de todo, sobre ella.

Porque si no podía pararle los pies, ¿cómo iba a protegerse a sí misma y a la niña cuando inevitablemente Rico Christofides perdiese interés y las rechazase a las dos?

Cuando por fin se calmó un poco, salió de la ducha y se puso un polo de manga corta y otros pantalones vaqueros. Después de sujetar su pelo sobre la cabeza con un prendedor se miró al espejo y, respirando profundamente, volvió al salón, donde encontró a Rico frente al ventanal.

Y, afortunadamente, la señora Wakefield no había vuelto con Lola.

Rico se volvió para mirarla y Gypsy maldijo que no hubiera vuelto a la oficina... sabiendo que era una hipocresía por su parte porque si lo hubiera hecho también le habría parecido criticable.

Tan tranquilo como si no hubiera pasado nada, como si no acabaran de hacer el amor en un sillón del estudio, Rico le ofreció un papel.

–¿Qué es esto?

–Un comunicado de prensa.

Gypsy leyó la nota:

Rico Christofides y Gypsy Butler desean anunciar que han retomado su relación por el bien de su hija, Lola.

–¿Esto es necesario?

–Absolutamente –respondió él–. Si no dijéramos nada, los periodistas no dejarían de investigar hasta descubrir quién eres, quién es Lola y cuál es nuestra relación. Si les damos esto, nos dejarán en paz.

–¿No se pondrán a investigar?

Gypsy intentó disimular su miedo de que alguien descubriese su verdadera identidad, temiendo que Rico lo usara para reforzar su posición.

–Seguirán haciéndonos fotografías, pero no nos molestarán.

–Muy bien –dijo ella entonces–. Envía el comunicado.

–Ya lo he hecho.

–Ah, claro. Tú eres de los que actúan primero y preguntan después.

Rico se encogió de hombros.

–Sé lo que quiero y sé cómo conseguirlo. Mi chófer está abajo esperando. Él te llevará a tu apartamento para que recojas tus cosas. Trae sólo lo más imprescindible, por favor. Le pediré a mi ayudante que se encargue de enviar todo lo demás a mi casa de Atenas.

–¿Pero mi apartamento...?

–Mi ayudante informará al propietario de que te marchas.

–¿Y luego qué?

–Mañana nos iremos a Buenos Aires para el bautizo de mi sobrino. Yo soy el padrino y, además, tengo que asistir a un par de eventos...

–¿Tienes un sobrino? –lo interrumpió Gypsy.

–Es el hijo pequeño de mi hermanastro, Rafael. Lola tiene primos, Beatriz, de cuatro años y Luis, de seis meses. Mi hermano y su mujer, Isabel, están deseando conocerte y conocer a Lola.

Gypsy se sintió abrumada por el descubrimiento de que tenía una familia, que iba a ser padrino de un niño... y que Lola tenía primos. Familia. Una familia a la que su hija podría no haber conocido nunca. Era algo que ella siempre había deseado: hermanos, hermanas, incluso primos. Pero tanto su padre como su madre eran hijos únicos y ella había sido la única hija de John Bastion.

Medio mareada, salió al pasillo para ponerse el abrigo antes de bajar a la calle. Cuando llegó a su apartamento, y mientras guardaba sus cosas en una caja, Gypsy sentía como si no fuera ella misma. Por fin, mirando alrededor, dejó escapar un suspiro. El apartamento tenía aún peor aspecto ahora que vivía en el ático de Rico. Ni siquiera ella tendría estómago para llevar allí a su hija de nuevo...

Suspirando de nuevo, comprobó que había guardado en la caja sus más preciadas posesiones: los recuerdos de su madre, las fotos y las cartas que había encontrado en el estudio de su padre después de su muerte. No quería nada más.

Se dejó caer sobre una silla un momento, emocionada, pero aunque se sentía inexplicablemente triste, no podía llorar. Temía que a pesar de todo lo que había hecho, todo lo que había sufrido, Lola estaba destinada a recibir el mismo tratamiento que había recibido ella de su padre...

Y, sin embargo, sabiendo la sorpresa que Rico debió llevarse al saber que era el padre de una niña, en ningún momento la había rechazado ni había dudado de su paternidad. Al contrario, parecía convencido de ello desde el principio. Tuvo que admitir, con desgana, que a pesar de su comportamiento autoritario, no se había portado con Lola como ella había temido.

Gypsy se parecía poco a su padre y también él había insistido en hacer una prueba de paternidad cuando se vio obligado a acogerla en su casa, aunque sabía de su existencia desde el principio. Con la prueba de que era hija suya, la miró sacudiendo la cabeza y le dijo:

–Sería más fácil mirarte si te parecieras a los Bastion... pero no hay nada de mí en ti. Eres igual que tu madre.

Gypsy parpadeó para borrar ese recuerdo. Al menos Lola se parecía a Rico. Tal vez por eso le había sido tan fácil aceptar que era su hija.

Mirando alrededor por última vez, se levantó de la silla, tomó sus bolsas y salió de allí para no volver más. Mientras volvía al ático, para enfrentarse con Rico, y con el futuro que tenía preparado para ellas, las emociones que experimentaba eran mucho más ambiguas de lo que querría reconocer.

Al día siguiente, después de subir a un lujoso avión privado, Gypsy recordó lo que había pasado esa mañana. Mientras se preparaban para su viaje a Argentina, Rico le había recordado que debían cambiar el apellido en la partida de nacimiento de Lola... pero también había empezado a darle órdenes.

–Los paparazzi están fuera y van a hacernos fotografías, así que te agradecería que te pusieras alguno de los vestidos que he comprado para ti. Y en Buenos Aires tendremos que acudir a un par de cenas... por no hablar del bautizo.

En otras palabras, que debía vestirse para hacer el papel. Y también le estaba diciendo que esperaba que acudiera a esos eventos como su acompañante.

Gypsy se volvió hacia él, pero estaba ocupado leyendo unos papeles y tuvo que contener un suspiro mientras miraba por la ventanilla. Y al ver cómo se alejaban de Inglaterra poco a poco, sintió como si alguien la hubiese atrapado en una red de la que no podía escapar.

Después de corretear de un lado a otro durante un par de horas, Lola se había quedado dormida en uno de los lujosos asientos de piel, con el cinturón de seguridad puesto.

Gypsy miró a Rico de nuevo y se puso colorada al ver que él estaba mirándola.

–¿Todo bien?

–Sí, claro... ¿pero estás sugiriendo que aparezcamos en público juntos... como una pareja?

–He enviado un comunicado de prensa diciendo que hemos retomado nuestra relación, de modo que sí. Necesito una acompañante y últimamente no he encontrado a nadie que pudiera hacer ese papel.

El corazón de Gypsy se aceleró.

–¿La pelirroja no podía acompañarte?

Rico sonrió y esa sonrisa lo hizo parecer más joven, más alegre.

–Pareces tener mucho interés por mi amiga.

¿Se habría acostado con ella? Gypsy no quería saberlo... o no debería querer saberlo, pero le importaba.

–No me interesa en absoluto –mintió–. Sólo quería saber qué papel debo hacer.

–Yo diría que, siendo la madre de mi hija y la persona que comparte cama conmigo, está muy claro. Pero si te sirve de consuelo, no me acosté con la pelirroja esa noche. Verte otra vez me dejó impotente.

Gypsy se puso colorada.

–No voy a compartir tu cama, Rico.

Él se encogió de hombros.

–Los dos sabemos que si empezara a besarte ahora mismo, serías mía en cinco minutos. Pero, por respeto a nuestra hija, no voy a hacerlo.

Gypsy contuvo una réplica grosera... pero no podía dejar de imaginar a Rico tomándola en brazos para llevarla a la cama, su piel morena en contraste con la suya, tan pálida...

¿Qué le pasaba?

Nerviosa, se levantó para ir al baño. Una vez allí, se lavó la cara y su pulso por fin volvió a la normalidad. Le daba pánico acostarse con Rico porque sabía que eso destrozaría sus precarias defensas... ya tenía suficiente control sobre su vida, demasiado control. Si la tenía a ella, entonces lo tendría todo.

Había sido demasiado joven para luchar contra su padre y John Bastion casi había logrado borrar su identidad. No podía olvidar eso. Tenía que ser fuerte con Rico para preservarse a sí misma. Y a Lola. Tenía que hacerlo.

Gypsy despertó cuando alguien tocó su hombro y se encontró con los ojazos grises de Lola... y los de Rico, que la tenía en brazos.

–Mami...

Gypsy sonrió, sorprendida al darse cuenta de que Rico se había hecho cargo de la niña como si fuera lo más natural del mundo.

–Vamos a aterrizar enseguida. Abróchate el cinturón de seguridad.

–Ah, muy bien.

Gypsy se daba cuenta de que parecía muy cómodo con Lola, cada día más seguro. Había tapado su carita con la mano cuando salieron del ático y los paparazzi empezaron a hacer fotografías...

Esa faceta de Rico era algo que no había anticipado y, aunque sabía que sería algo temporal, mientras durase la novedad, la desconcertaba más de lo que quería admitir.

–¿Siempre has querido tener hijos? –le preguntó.

–¿Por qué lo preguntas?

–Porque pareces muy cómodo con Lola.

Rico miró a la niña, que estaba sentada sobre sus rodillas jugando con su corbata y, de repente, supo que no permitiría que nadie le hiciese daño, que daría su vida por ella.

Pero la pregunta lo había sorprendido. Él nunca había pensado tener hijos, de hecho no había querido tenerlos. ¿Cómo podía explicarle que el concepto de paternidad era algo ignoto para él porque no tenía una buena experiencia?

Sin embargo, el día que vio a Lola por primera vez supo instintivamente lo que era. Y, al hacerlo, sintió el dolor que su propio padre debía haber sentido. Y odió más a su padrastro por haber sido tan cruel.

Debería odiar a Gypsy por haberle negado ese derecho básico... pero no la odiaba.

Aunque no iba a decirle eso a la mujer que estaba sentada frente a él, la mujer a la que había estado mirando mientras dormía, con ese aspecto tan inocente. Había tenido que hacer un esfuerzo para no tomarla en brazos y llevarla a la alcoba que servía como dormitorio para saciar su deseo. La deseaba de tal modo... quería controlarse, ser inmune a sus encantos, pero su belleza salvaje lo atraía tanto como el día que la conoció.

—Que quisiera tener hijos o no ya no es relevante. Lola es mi hija y la razón por la que estoy cómodo con ella es que es *mía*, mi propia sangre. Y te aseguro que haré todo lo posible para protegerla.

Capítulo 8

EL FERVOR que Rico había puesto en esa respuesta se repetía en la cabeza de Gypsy mientras recorrían los bulevares de Buenos Aires en dirección a la casa de Rafael, donde se alojarían durante unos días.

Una gota de sudor se deslizó por su canalillo, aunque en el coche había aire acondicionado. Hacía un sol de justicia cuando bajaron del avión.

Rico le había advertido que sería así, pero incluso con un ligero pantalón de lino y una camisa seguía teniendo calor. Afortunadamente, había vestidos de verano entre las cosas que había comprado para Lola y la niña llevaba un vestidito de lunares con sandalias a juego.

–*Guau guau* –balbuceó la niña, al ver un perro por la calle.

Rico, que iba sentado delante, charlando con el conductor, miró a Lola con una sonrisa en los labios.

–Muy bien, cariño. Es un perro.

Gypsy tuvo que tragar saliva mientras miraba por la ventanilla. Se preguntaba si algún día Rico la miraría a ella sin esa expresión de reproche... y le molestaba desear eso.

Podía ver que estaban llegando a una zona residencial de grandes mansiones, visibles detrás de altos árboles. El coche atravesó una verja de hierro forjado y tomó un camino que llevaba a un patio frente a una casa impresionante.

En los escalones de la entrada, Gypsy vio a una mujer guapísima y delgada de pelo oscuro con un niño en brazos y, a su lado, un hombre alto que se parecía mucho a Rico. Tenía que ser Rafael, su hermanastro. Entre Rafael e Isabel había una niña morena con pantalón corto y camiseta.

Cuando salieron del coche y Gypsy por fin logró sacar a Lola de su sillita de seguridad, la niña se volvió tímida al ver a los desconocidos y escondió la carita en el cuello de su madre.

Rico puso una mano en su espalda y, sin saber por qué, el gesto hizo que Gypsy se sintiera un poco más segura de sí misma.

—Me alegro mucho de conocerte —dijo Isabel, después de abrazar a su cuñado—. Y a Lola... qué guapa es.

Gypsy se alegró al ver que tanto Isabel como Rafael hablaban su idioma perfectamente. Los dos hermanos se abrazaron, con cariño pero con cierta reserva. De cerca pudo ver que se parecían, pero también que había muchas diferencias entre ellos. Mientras los ojos de Rico eran grises, los de Rafael eran marrones. Y él no tenía ese aire de peligro que parecía rodear a Rico como una oscura capa.

Las presentaciones fueron rápidas y caóticas. Beatriz, su hija de cuatro años, una niña adorable de enormes ojos castaños, estaba muy contenta de conocer a su nueva prima.

–Una vez que Lola esté en su habitación podrás jugar con ella –dijo Rico.

Cuando por fin llegaron a la habitación, Isabel se disculpó.

–Perdona, imagino que estarás cansada. Sé lo largo que es el vuelo desde Inglaterra, estudié allí, cerca de la casa de mi familia. Pero bueno, ya estoy charloteando otra vez cuando probablemente lo único que deseas es descansar un rato.

Isabel era una chica tan agradable que no resultaría difícil hacerse su amiga.

–Si quieres que te sea sincera, todo esto me ha pillado por sorpresa, pero me alegro mucho de conocerte. Y tus niños son encantadores.

–Sí, bueno, son encantadores a veces. Otras, como tú sabrás igual que yo, no lo son en absoluto.

Gypsy compartió con Isabel una sonrisa de complicidad. Agradecía que no le hiciese preguntas, aunque Rafael y ella debían sentir mucha curiosidad...

En ese momento apareció Rico e Isabel señaló la habitación.

–Espero que os guste. He puesto una cuna para Lola en el vestidor, pero hay un monitor por si acaso. Si necesitáis algo, sólo tenéis que gritar. Alguien subirá las maletas enseguida, pero descansad mientras tanto. Cenaremos a las nueve, cuando los niños estén en la cama.

–Gracias.

Cuando Isabel salió de la habitación, Gypsy vio algo muy alarmante: sólo había una cama.

–Imagino que esta habitación será para mí y para Lola. ¿Dónde está la tuya?

–Aquí –dijo Rico.

Ella sacudió la cabeza.

–No, de eso nada. No vamos a dormir juntos. Evidentemente, Isabel ha pensado que somos una pareja. Tendremos que hablar con ella...

Rico la tomó del brazo.

–No vamos a decirle nada. Isabel se ha encargado de preparar esta habitación y se llevaría un disgusto si le decimos que no nos gusta.

–Pero...

–Es una cama enorme, ni siquiera tendremos que tocarnos. Y puedes poner una almohada en el centro si quieres. ¿O tienes miedo de no poder controlarte?

Gypsy dejó a Lola en el moisés y apretó los puños.

–No querrás que crea que en esta casa no hay más habitaciones...

–No vamos a discutir eso, Gypsy. Puedes ir a molestar a Isabel con tus problemas cuando la pobre tiene que atender a sus hijos y ocuparse de nosotros o puedes dejarlo estar y portarte como una adulta.

Gypsy sintió el deseo de dar una patada en el suelo, pero sabía que eso no serviría de nada.

–No te preocupes, no tendré el menor problema para no tocarte. Pero si te acercas a mí, Rico Christofides, te aseguro que me pondré a gritar.

Él sonrió, burlón.

–Puede que grites, pero no será para alejarte de mí.

Gypsy se puso colorada al recordar su abandono la noche que durmieron juntos. Y el día anterior, en el estudio. Mortificada, pero decidida a no dejar que él lo viese, se apartó.

–Voy a darle la comida a Lola. Debe tener hambre.

–¿Por qué no se la doy yo mientras tú descansas un rato? Beatriz seguramente estará volviendo locos a sus padres preguntando por su prima.

–Muy bien, como quieras.

Gypsy lo vio salir de la habitación con Lola en brazos, charlando alegremente.

Después de darse una ducha, envuelta en un voluminoso albornoz, se sentía humana otra vez. Pero cuando entró en el vestidor vio a una joven colocando su ropa. Su ropa y la de Rico. Nerviosa, Gypsy le dio las gracias y la joven salió de la habitación discretamente.

La cama le parecía aterradora e invitadora al mismo tiempo pero, pensando que le vendría bien dormir unos minutos, se tumbó y cerró los ojos.

Despertó mucho después, al escuchar el llanto de Lola. Rico entró en la habitación con la niña en brazos y, al ver a Gypsy, Lola redobló sus lloros. Y, por primera vez desde que volvió a ver a Rico Christofides, notó que no parecía seguro de sí mismo.

Gypsy se apretó el cinturón del albornoz antes de tomar a Lola en brazos.

–No sé qué le pasa. Ha comido y ha jugado con Beatriz y luego, de repente, se ha puesto a llorar.

Gypsy sabía que sería muy fácil hacerlo sentir culpable, pero ella no era así.

–Bienvenido al mundo real. Lola puede pasar de estar riendo a llorar amargamente en menos de un segundo. El viaje ha sido muy largo, sólo es eso. Necesita dormir un rato... voy a darle el biberón antes de meterla en la cuna.

Rico la sorprendió diciendo que lo prepararía él y, mientras esperaba, Gypsy bañó a Lola y le puso el pijamita. Y, afortunadamente, después de tomar unos traguitos de biberón, Lola cerró los ojos y se quedó dormida.

Gypsy salió del vestidor, dejando la puerta entreabierta.

–Voy a darme una ducha –dijo Rico entonces–. La cena estará lista enseguida.

Ella asintió con la cabeza y en cuanto oyó el grifo de la ducha corrió a quitarse el albornoz para ponerse un vestido negro y unos zapatos de tacón. Escapar antes de que Rico saliera del baño con una toalla en la cintura le parecía lo único importante en ese momento.

Cuando estaba bajando por la escalera, una criada apareció como por arte de magia para indicarle dónde estaba el salón. Gypsy se puso colorada al ver a Isabel sentada sobre las rodillas de su marido, él con un brazo en su cintura.

Su anfitriona se levantó, sonriendo.

–Lo siento, no te habíamos oído entrar...

–No importa.

–¿Quieres un aperitivo?

Rafael se levantó también y saludó a Gypsy con tanta naturalidad que el momento incómodo quedó olvidado. Cuando Rico apareció, con una camisa blanca y un pantalón negro, Gypsy estaba diciéndoles por qué le habían puesto ese nombre tan raro. Pero en cuanto él se colocó a su lado, tuvo que carraspear para encontrar su voz.

El ama de llaves asomó la cabeza para anunciar que la cena estaba lista y, unos segundos después, llegaban a un comedor con las paredes forradas de madera.

Después del postre, Gypsy se echó hacia atrás en la silla, tocándose el estómago.

–Todo estaba riquísimo...

Isabel sonrió.

–Me encanta que hayamos podido cenar solos. Sé que mañana tenéis que ir a una cena y es una suerte porque así os evitareis la llegada del resto de los invitados y el consiguiente caos.

–¿Puedo ayudarte en algo? –le preguntó Gypsy.

–No, no. Todo está controlado. Y estoy encantada de que hayáis venido. ¿Qué dijiste el día de nuestra boda, Rico, que no esperásemos una invitación para la tuya?

Rico miró a Gypsy y ella tragó saliva.

–Bueno, como por el momento no he hecho ninguna proposición, yo diría que he cumplido lo que dije.

Gypsy se dio cuenta de que Rafael e Isabel se miraban, sorprendidos. Pero cuando iba a hacer una broma para demostrar que el desinterés de Rico no la afectaba en absoluto, aunque no fuese verdad, la puerta del comedor se abrió y la niñera entró para decirle algo a Isabel.

–Es Luis, por lo visto no puede dormir. Perdonadme un momento...

Deseando escapar de allí, Gypsy se levantó también.

–Yo debería ir a ver cómo está Lola.

–No te preocupes, tómate el café. Yo pasaré por la habitación para ver cómo está.

–Gracias.

Gypsy odiaba que el comentario de Rico la hubiese dolido tanto. Había dejado claro que no tenía intención de casarse con ella aunque fuera la madre de su hija... ¡y ella no quería casarse con él!

Podía salir con todas las pelirrojas que quisiera, le daba lo mismo.

Cuando le pareció que había pasado un tiempo prudencial y podía despedirse, se levantó de nuevo.

–Estoy agotada. Si no os importa, me voy a la cama.

Rezando para que Rico no la siguiera, Gypsy dejó escapar un suspiro de alivio cuando Rafael retomó la conversación. Prácticamente corrió escaleras arriba y casi chocó con Isabel, que volvía de la habitación de los niños.

–¿Estás bien?

–Sí, sí...

–Oye, no quería decir nada que provocase tensión entre Rico y tú. Lo siento mucho... he visto cómo se porta contigo y había creído...

Parecía tan avergonzada que Gypsy se vio obligada a tranquilizarla. Aunque le gustaría saber qué había querido decir con eso de «he visto cómo se porta contigo».

–No pasa nada. Bueno, las cosas entre Rico y yo no son exactamente lo que parecen... no somos una pareja.

–¡Y yo os he puesto en una sola habitación! Lo siento mucho, Gypsy. Rico puede dormir...

–No, déjalo, no importa. No quiero que nuestra relación sea causa de preocupación para vosotros.

Isabel la tomó del brazo.

–Si te sirve de consuelo, me parece que sé por lo que estás pasando.

–¿Tú? Pero Rafael y tú estáis tan enamorados...

–Ahora lo estamos –dijo su anfitriona–. Pero no siempre fue así. Considerando su pasado y el daño que su padre... el padre de Rafael, el padrastro de Rico, les hizo a los dos, es fácil entender que sean tan arrogantes. Y Rico lo pasó mucho peor que Rafael porque era hijo de otro hombre. Mi marido ni siquiera sabe lo que pasó entre Rico y su padre biológico cuando se marchó de aquí a los dieciséis años para buscarlo en Grecia.

Gypsy la miró, perpleja.

–¿Se marchó de aquí a los dieciséis años?

–Después de una paliza que casi lo envió al hospital. Si no se hubiera enfrentado ese día con su padrastro, quién sabe lo que habría ocurrido. Pero salvó a Rafael de años de abusos... en fin, todo eso ya es historia pasada. Pero si puedo hacer algo para que estés más cómoda, dímelo.

–Lo haré. Gracias.

Isabel la abrazó antes de bajar al comedor y Gypsy se apoyó en la puerta del dormitorio un momento, dejando que las lágrimas rodaran por su rostro. El afecto de una extraña en esas circunstancias la había hecho perder el control.

Enfadada, apartó las lágrimas de un manotazo, diciéndose a sí misma que no lloraba por un orgulloso chico de dieciséis años que había recibido tal paliza que tuvo que marcharse de casa.

Ya había empezado a sospechar que Rico era una persona mucho más compleja que su padre, pero haber descubierto eso sobre su infancia y la infancia de Rafael la hacía desear saber algo más sobre él... y eso era peligroso.

Y era peligroso porque ya se había dado cuenta de que Rico Christofides no se parecía en absoluto a su padre.

Estaba castigándola por no haberle contado que tenía una hija, sí, como su padre había castigado a su madre por lo contrario. Pero aunque saber que no tenía intenciones de formalizar su relación sólo por la niña o para controlarla a ella debería haberla hecho sentir mejor, no era así, al contrario.

Gypsy se puso el camisón y se metió en la cama, nerviosa. Colocó una almohada en el centro, como Rico había sugerido, pero después de ese comentario en el comedor no tenía la menor duda de que no iba a intentar nada.

Rico entró en la habitación y, a la luz de la lamparita, vio a Gypsy profundamente dormida. Maldijo en voz baja al ver la marca de lágrimas en su rostro, sintiendo que se le encogía el corazón. No le gustaba sentir esas emociones por ella.

Maldita fuera. Había tenido que soportar las miradas de reproche de Isabel y Rafael, pero no les había dicho que lamentó el comentario en cuanto salió de su boca. Lo había dicho para hacerle daño a Gypsy y él no era una persona cruel.

Estaba desconcertado por su deseo de hacerle daño, por su deseo de alejarla de su vida. Cuando en realidad sabía que no tenía que hacer ningún esfuerzo para eso. Le sorprendía que ella no le hubiera dado una bofetada el otro día, en su estudio. Lo que había empezado como un intento de dominación se había convertido enseguida en algo que no pudo controlar...

La idea de dominarla no le proporcionaba la satisfacción que le había proporcionado unos días antes. Él había hecho algo o representaba algo que Gypsy odiaba, eso estaba claro. Por eso no se había puesto en contacto con él cuando descubrió que estaba embarazada.

Siempre decía cosas como: «los hombres como tú» o «sé cómo eres» y eso estaba empezando a ponerlo nervioso. Y, sin embargo, ella podía haberlo hecho sentir mal cuando no supo cómo calmar el llanto de Lola... y no lo había hecho. Había sido generosa, asegurándole que no era culpa suya.

Y él le había pagado con ese desagradable comentario.

Estaba acostumbrado a que la gente buscara sus puntos débiles para aprovecharse de él, pero Gypsy había hecho todo lo contrario. Sí, Gypsy Butler estaba llena de secretos y de sombras. No confiaba en él, no quería su dinero y luchaba contra la atracción que sentía por él como si le fuera la vida en ello.

Y Rico quería saber por qué. Pero en ese momento, a pesar de desearla más de lo que había deseado nunca a una mujer, sintió la necesidad de ir con cuidado, temiendo lo que la intimidad podía descubrir.

—Te debo una disculpa.

Gypsy apretó con fuerza la taza de café. Rico y ella estaban solos en el porche. Cuando despertó esa mañana, se alegró infinito al encontrar vacío el otro lado de la cama. Habían desayunado con Isabel y Rafael, que en aquel momento estaban jugando con los niños al otro lado del jardín.

De modo que se habían quedado solos.

—¿Una disculpa? —repitió Gypsy.

—Lo que dije ayer fue una grosería imperdonable. Tú eres la madre de mi hija y te debo un respeto.

Si no hubiera estado sentada se habría caído al suelo. Tenía la impresión de que le había costado un mundo pronunciar esas palabras. ¿Pero qué estaba diciendo, que quería casarse con ella? No, no podía ser.

Como si leyera sus pensamientos, Rico se apresuró a aclarar:

—No nos veo como pareja, pero no tenía derecho a decir algo así. Aunque sigo sin confiar en una mujer que me ocultó que iba a tener un hijo conmigo...

—Tenía mis razones para hacerlo y eran muy buenas razones.

—Sobre esas razones... creo que no has sido sincera conmigo. Estás decidida a pensar mal de mí, eso quedó claro desde el momento que volvimos a vernos, y has pensado lo peor desde que supiste quién era. Por eso no te pusiste en contacto conmigo, ¿verdad? Ahora sé que te acostaste conmigo esa noche porque no sabías quién era.

—No sabía nada de ti hasta que vi las noticias esa mañana.

Pero Rico no podía saber quién era su padre. Y no podía saber el dramático paso que había dado tras su muerte porque podría usarlo en su contra. Y no podía saber nada sobre los problemas mentales de su madre. Sabía que ese miedo era visceral, que tal vez no estaba basado en algo real, pero no podía controlarlo. No podía confiar en Rico. No recordaba haber confiado en nadie.

¿Cómo iba a hacerlo si en su vida nunca se había sentido querida por nadie?

—Como te dije una vez, no me apetece nada tener que ir a los tribunales y tu desaparición esa mañana dejaba bien claro que no tenías intención de volver a verme.

Él lo pensó un momento.

—El día que fui a tu apartamento te dije que lamentaba haberme ido como lo hice. Llamé al hotel, pero ya te habías ido.

Gypsy dejó de respirar. Creía recordar que el teléfono estaba sonando mientras salía de la habitación, pero no se había parado a contestar, pensando que sería de recepción para decirle que debía abandonar la suite.

¿Era él? ¿Para decir qué? ¿Que quería volver a verla?

Pero para entonces ya sabía quién era, de modo que habría salido corriendo de todas formas, disgustada consigo misma por haberse dejado seducir por un hombre como él. Un hombre como su padre.

–Que llamases entonces ya no tiene importancia –dijo por fin, apartando la mirada.

–Evidentemente –Rico tiró la servilleta sobre la mesa y se levantó–. Esta noche tenemos que acudir a una cena benéfica para una asociación de la que soy patrono de honor. Vendré a buscarte a las siete.

Cuando desapareció, Gypsy se encogió en la silla. Había ido a una docena de cenas benéficas con su padre, que también era patrono de muchas organizaciones, pero sólo por su ego, por las exenciones tributarias y, ocasionalmente, porque se quedaba con parte de los fondos.

Nadie se había enterado de eso, por supuesto. Pero Gypsy sí lo sabía, aunque jamás se hubiese atrevido a llamar a la policía por miedo al castigo de su padre.

De nuevo, estaba volviendo atrás en el tiempo... pero hizo un esfuerzo para olvidar. Ella nunca había querido estar en una situación así y, sin embargo, allí estaba.

Ni siquiera era capaz de sentir disgusto al pensar que iría del brazo de Rico esa noche, sólo para dar buena imagen. Aunque tenía el presentimiento de que, de nuevo, iba a llevarse una sorpresa.

Gypsy estaba sentada al lado de Rico en el salón de banquetes de un elegante hotel en el centro de Buenos Aires. A pesar de que la situación le disgustaba, no podía dejar de admirar lo atractivo que estaba Rico con su esmoquin.

Isabel se había quedado con Lola y también la había ayudado a vestirse, contándole que Rafael y ella habían hecho un pacto para acudir a ese tipo de eventos sólo cuando fuera absolutamente necesario.

Gypsy estaba contenta con su aspecto. Se había alisado el pelo, sujeto en un moño clásico, y llevaba un vestido verde hoja sin mangas que caía hasta el suelo. Tenía el aspecto que debía tener porque iba a hacer el papel para el que su padre la había entrenado: el papel de hija agradecida, de chica de la alta sociedad sin una sola preocupación en el mundo.

Qué mentira.

Cuando Rico entró en la habitación y le preguntó con expresión horrorizada qué se había hecho en el pelo, Gypsy lo miró, sorprendida.

–Me lo he alisado. He pensado que para la cena quedaría mejor. Mis rizos son demasiado indomables –contestó, intentando no sentirse como una adolescente inadecuada.

–Vamos, llegamos tarde –se había ilimitado a decir él.

Gypsy intentaba no dejarse afectar por el roce de su pierna bajo la mesa, pero no podía engañarse a sí misma. Y le molestaba que Rico pudiera saberlo.

De repente, se hizo el silencio cuando alguien anunció que Rico Christofides iba a decir unas palabras.

Gypsy lo oyó suspirar y se dio cuenta de que tampoco a él le gustaba aquello. Rico se levantó para dirigirse a la tarima, seguido de los aplausos de los congregados.

Hasta entonces, Gypsy no había pensado mucho

en la asociación para la que se había organizado la cena benéfica, pero acababa de descubrir que era una en la que también su padre había estado involucrado. Una de la que se había llevado fondos.

Rico estaba hablando en ese momento y Gypsy se quedó como hipnotizada por sus palabras, por la pasión que ponía en ellas. Algunas personas se movían, incómodas. Evidentemente, esperaban que sonriera y no dijese nada importante. Pero Rico parecía conocer bien el asunto del que estaba hablando y daba datos, cifras. No tenía miedo de mencionar las cosas desagradables que la gente que acudía a esos eventos prefería no saber.

Con sencilla elocuencia, pidió que los congregados ayudasen a la causa y empezó a organizar una subasta cuyo premio sería un deportivo que él mismo donaría. Gypsy se daba cuenta de lo que estaba haciendo: intentaba avergonzarlos y todos levantaban la mano para hacer una puja.

La mujer que estaba a su izquierda, a quien le habían presentado como coordinadora de la asociación, sacudió la cabeza sonriendo de manera conspiratoria.

—No sé qué haríamos sin él. Ojalá todo el mundo fuese tan decidido. Hay demasiados charlatanes haciéndose pasar por filántropos.

Gypsy tragó saliva.

Por fin, cuando Rico terminó la subasta, después de haber recaudado una enorme cantidad de dinero, volvió a la mesa y la tomó del brazo.

—Ya hemos terminado aquí. Vámonos.

Gypsy se levantó.

–¿No quieres quedarte un rato más?

–A menos que paguen por mi tiempo o quieran donar dinero a la organización, no. ¿Tú quieres quedarte?

–No, no.

Una vez en el coche, Rico aflojó el nudo de su corbata y desabrochó el primer botón de la camisa. Gypsy estaba como transfigurada por sus largos dedos...

–Si sigues mirándome así, voy a tener que hacer algo. Lo que dije en Londres iba en serio. Te deseo y quiero tenerte, Gypsy. En mi cama, debajo de mí...

Ella se puso colorada.

–No digas eso.

–Va a ocurrir tarde o temprano y tú lo sabes. Puede que no confiemos el uno en el otro, pero eso no tiene nada que ver. No voy a obligarte, por supuesto...

–¡Por supuesto!

Rico sonrió.

–Tú misma admitirás que me deseas antes de que nos acostemos juntos. Estoy dispuesto a esperar, pero te advierto que no soy un hombre paciente.

Gypsy intentaba apartar la mirada, pero no podía hacerlo. Estaba muy sensible después de verlo en la gala benéfica, después de ver cómo le desagradaba ese ambiente de falsedad y su determinación de ganarle la partida a esa pandilla de hipócritas.

En aquel momento se sentía desconcertada porque aquel hombre, aquel nuevo Rico, era alguien a quien querría gustar, a quien querría conocer.

Asustada por ese sentimiento, levantó la barbilla para replicar:

–Pues te aconsejo que esperes sentado.

Capítulo 9

TRES DÍAS después, estaban de nuevo en el avión con destino a Europa, a Grecia concretamente. Rico estaba inmerso en su trabajo y Gypsy tenía a Lola en su regazo, cansada después de haber jugado sin parar con sus primos. Aunque sólo habían estado unos días en Buenos Aires, la niña adoraba a Beatriz y a Luis como si fueran sus hermanos.

Gypsy también había conocido a la madre de Rico, una mujer morena con los ojos más tristes que había visto nunca. Estaba claro que no había ningún cariño entre sus hermanos y ella, a pesar de los esfuerzos de Isabel por incluirla en todo. Ni siquiera había parecido sorprendida o contenta al descubrir que tenía una nieta de la que no sabía nada.

Pero más que eso, Gypsy no podía entender cómo en tres días la imagen que tenía de Rico había cambiado tanto.

Después de presenciar su gesto de desagrado en otra cena benéfica estaba claro que, aunque quería contribuir, era tan cínico sobre la élite como lo era ella. Pero incluso más desconcertante era su reacción al volver a verla con el pelo liso.

–No me gusta tu pelo así. En el futuro déjatelo rizado.

–Y a mí no me gusta que me digan lo que debo hacer con mi pelo –replicó ella.

Aunque debía reconocer que sus palabras tenían un efecto brutal después de años soportando las críticas de su padre, a quien le parecía una «gitana».

Al día siguiente, le preguntó a Isabel si podía usar el ordenador del estudio para hacer lo que debería haber hecho en cuanto supo que estaba embarazada: buscar el nombre de Rico Christofides en Google.

Y lo que encontró la dejó con el corazón encogido. No tenía nada que ver con las cosas que su padre solía decir sobre él, y que eran debidas a los celos profesionales. Rico Christofides era conocido por ser uno de los empresarios más limpios del mundo. Jugaba duro, pero siempre de manera justa.

El nombre de su padre también era mencionado en algunos artículos ya que, por lo visto, había intentado, sin éxito, robarle algún negocio. Pero Rico lo había apartado de un manotazo. Era lógico que su padre lo odiase de tal forma, nunca había podido ganarle y había sido humillado en el proceso.

Gypsy sabía que mientras estaban en Londres, Rico había estado involucrado en una delicada negociación. Por lo visto, con objeto de salvar una empresa electrónica a punto de hundirse en el norte de Inglaterra. Si hubieran tenido que cerrar, cientos de personas se habrían quedado sin empleo, pero Rico había conseguido levantarla y crear más puestos de trabajo.

Ésas eran las negociaciones de las que le había hablado en Londres, cuando tuvo que quedarse en casa por culpa de los paparazzi.

Y ella lo había acusado de querer ganar millones sin pensar en nadie...

Oyó un ruido a su lado y cuando levantó la cabeza vio que Rico había dejado de trabajar y echaba la cabeza hacia atrás para descansar un rato. Pero sintió que se le encogía el corazón al ver que tenía ojeras. Y cuando recordó el cariño con que había sujetado a Luis durante el bautizo el día anterior sintió algo que le daba aún más miedo.

De repente, Rico giró la cabeza para mirarla y Gypsy se puso colorada al recordar cómo la había mirado por la mañana, cuando apartó la almohada que había en el centro de la cama para lanzarla al otro lado de la habitación.

–No, Rico –le había dicho ella.

Pero él se había acercado un poco más, mirándola con ojos ardientes.

–Sí, Rico. Creo que estoy perdiendo la paciencia.

Todas sus terminaciones nerviosas parecieron despertar a la vida en ese momento. Él había inclinado la cabeza para buscar sus labios y después de unos segundos intentando no reaccionar al beso, a su proximidad, Gypsy abrió boca... y Rico se apoderó de ella. Sin que pudiera, o quisiera, protestar por lo que estaba haciendo, Rico desabrochó los botones de su pijama e inclinó la cabeza para besar sus pechos. Y cuando rozó uno de sus pezones con la lengua, Gypsy estuvo a punto de dar un salto.

Pero cuando bajó la mano hasta la cinturilla del pantalón, Lola se puso a llorar.

Los dos se habían quedado inmóviles y, con una mezcla de deseo frustrado y emociones contrarias, Gypsy empujó a Rico para levantarse a toda prisa.

—La próxima vez no habrá interrupciones —le advirtió él—. Te lo prometo.

Ahora, mientras Rico la miraba, sintió que le ardía la cara. No sabía si era su imaginación, pero le había parecido que la miraba de vez en cuando durante los últimos días con una mirada extrañamente especulativa.

—¿Has encontrado algo interesante en Internet?

Esa pregunta la sorprendió.

—¿Qué quieres decir?

—Tú sabes lo que quiero decir. Isabel me contó que habías estado usando Internet, así que imagino que habrás descubierto hasta el número de pie que calzo.

Ah, ahora entendía que la mirase de ese modo. Sabía que había estado cotilleando. Aunque no había descubierto mucho sobre su vida personal, sobre su padre biológico o sobre lo que había pasado con su padre adoptivo cuando tenía dieciséis años. O cómo a los veinte, de repente se convirtió en millonario.

—Pensé que debería concederte el beneficio de la duda, que tal vez no tenía mucha base para mis...

—¿Prejuicios? —la interrumpió Rico—. Tal vez a mí me pasa lo mismo. Después de todo, no sé nada de ti.

—No hay mucho que contar.

–Y, sin embargo, yo creo que eres un enigma. No te pusiste en contacto conmigo al saber que estabas embarazada y dices no querer dinero, pero la naturalidad con que te mueves en las altas esferas me hace pensar que no es nuevo para ti. Y, sin embargo, vivías en un agujero cuando te encontré.

Por primera vez, Gypsy pensó que tal vez debería contarle algo sobre su vida. Pero un miedo visceral se lo impedía. Seguía sin confiar en él. Tal vez jugaba limpio en los negocios, ¿pero sería limpio en sus relaciones personales, especialmente cuando se trataba de su hija?

Había dicho que nunca la perdonaría por no haberle comunicado que tenía una hija...

–No hay mucho que contar, en serio. Mi vida no es muy interesante.

Rico asintió con la cabeza.

–¿Por qué no te llevas a Lola al dormitorio y duermes un rato? Yo aún tengo trabajo que hacer.

Y, para escapar, Gypsy aceptó la sugerencia.

Unas horas después, incapaz de concentrarse en el trabajo, Rico se levantó para estirar las piernas. Se detuvo en la puerta de la habitación en la que dormían Gypsy y Lola y, al mirarlas, sintió una extraña opresión en el pecho.

Gypsy estaba tumbada de lado, el pelo sobre la cara y una mano protectora sobre el pecho de la niña. Lola dormía con total abandono, las piernas y los brazos estirados. Gypsy había puesto una almohada a cada lado de la cama para evitar que se cayera...

Sin poder evitarlo, experimentó un abrumador deseo protector por esas dos mujeres, no sólo por la pequeña.

Intentando no despertarlas, puso una manta sobre Gypsy y luego otra más pequeña sobre su hija.

Su hija. Aún le resultaba tan increíble...

Ninguna de las dos despertó y Rico se quedó mirándolas, intentando luchar contra esa extraña mezcla de emociones.

Le había dicho que era un enigma y era cierto. Empezaba a recibir información sobre su pasado y lo que había descubierto por el momento no era nada extraño. Y, por lo tanto, no entendía por qué no quería hablarle de ello la propia Gypsy.

Cada día le resultaba más difícil seguir pensando que era una injusticia intolerable que no le hubiese dicho que tenía una hija. Y tampoco entendía por qué no iba a convencerla para que se casaran. La idea, una vez repugnante, le parecía cada día más atractiva.

No podía mentirse a sí mismo pensando que no sentía cierta envidia de Rafael e Isabel y, aunque no creía que él pudiera tener algún día lo que tenían su hermano y su cuñada, tampoco le parecía tan mal la idea de crear una familia.

El comportamiento de Gypsy durante los últimos días parecía dejar claro que pensaban lo mismo sobre muchas cosas. Su presencia en esas cenas había sido una revelación. En el pasado, había tenido que lidiar con la ilusión de sus acompañantes, encantadas de codearse con lo «mejor» de la sociedad, pero tenía la impresión de que Gypsy odiaba aquellos eventos tanto como él. Ella no tenía intención de unirse a la lista de celebridades que iban de una cena benéfica a otra sin hacer nada por los demás.

Y lo más desconcertante era lo fácil que le estaba resultando compartir su vida con ella y con Lola.

Volver a casa todas las noches para ver a su hija era emocionante. Le gustaba jugar con ella, observar a Gypsy mientras le daba el biberón o la metía en la cuna... o sentir que el colchón se hundía cuando volvía a la cama después de levantarse a medianoche para comprobar que Lola estaba durmiendo. Aunque sufría por no poder abrazarla y hacerle el amor para comprobar que lo que sintió aquella noche, dos años antes, no había sido cosa de su imaginación.

Tenía la impresión de que sería todo lo contrario.

Le había dicho arrogantemente que esperaría hasta que ella se lo pidiera, pero había sido él quien perdió el control esa mañana. Sin embargo, esperaría hasta que supiera algo más sobre la madre de su hija, se prometió a sí mismo. Haría que Gypsy lo deseara tanto como la deseaba él. Le daría un poco de espacio, aunque sufriera por ello.

Lola lanzó un grito de alegría cuando Rico la lanzó al aire por encima de su cabeza, sujetándola justo antes de que cayese al agua azul de la piscina, que era a medias una piscina exterior e interior, le había explicado a Gypsy. Era una piscina de invierno y estaba climatizada, aunque ella había visto otra en el jardín mientras desayunaban en la terraza.

–*¡Ota vez!* –gritaba Lola, sus palabras favoritas últimamente porque se las había enseñado su prima Beatriz.

Gypsy sonrió al ver que Rico estaba descubriendo lo infatigable que podía ser una niña de quince meses que acababa de descubrir un juego divertido y el poder del lenguaje.

Se le encogía el corazón al ver a Lola tan feliz en aquel sitio, especialmente al recordar la zona de Londres en la que vivían hasta ese momento; un sitio en el que tenían suerte si Lola podía montar en un columpio destartalado. Gypsy suspiró, mirando el fabuloso jardín. Aquello era un paraíso.

Habían aterrizado en Atenas por la noche y luego un helicóptero los llevó a la isla de Zakynthos. Una vez allí, Rico las llevó hasta la villa en un jeep.

Estaba demasiado agotada como para fijarse en la casa cuando llegaron y tampoco le había prestado mucha atención a la agradable ama de llaves que Rico le presentó como Agneta. Pero sí se había fijado en su nueva actitud. Ya no lanzaba sobre ella miradas cargadas de intención, pero estaba decidida a que no le importase. Sin duda, intentaba ponerla nerviosa.

Aquella mañana, cuando bajó con Lola a desayunar, se quedó sorprendida por la belleza de la enorme villa frente al mar. Todo era amplio y alegre, con enormes ventanales desde los que podía ver el Mediterráneo.

Agneta las había recibido con una sonrisa de oreja

a oreja para llevarlas a la terraza, en la que Rico leía el periódico mientras tomaba un café.

Gypsy se quedo sorprendida, una vez más, de que siguiera allí en lugar de haberse ido a trabajar. Y también de que en la terraza hubiera una moderna trona para la niña.

Rico se levantó.

–Buenos días. Espero que hayáis dormido bien.

Gypsy asintió con la cabeza.

–Sí, gracias. Nuestras habitaciones son preciosas.

Y era cierto. No quería admitir que había echado de menos dormir a su lado, en la misma cama. Había intentado convencerse a sí misma de que era un alivio tener su propia habitación, con vestidor, baño y sala de estar. Por no hablar de la cama con dosel o de las cortinas de muselina blanca que se movían con la brisa.

Cuando Agneta le mostró la habitación de la niña, en la que encontró todo lo que pudiera necesitar, a Gypsy se le hizo un nudo en la garganta.

Y ese mismo nudo amenazaba con no dejarla hablar en aquel momento, mientras veía a Rico jugando con su hija en la piscina, los dos riendo. Cada día que pasaba, Lola se encariñaba un poco más con Rico. Iba a sus brazos sin problemas y estaba empezando a utilizarlo como escudo cuando no quería hacer algo que le pedía su mamá.

Suspirando, se acercó al borde de la piscina con una toalla en la mano, intentando no mirar el torso desnudo de Rico.

–Si se excita demasiado antes de comer será imposible meterla en la cuna para su siesta.

Los ojos grises se volvieron hacia ella y Gypsy se sintió mezquina. Pero Rico se acercó al borde y levantó a la niña para dársela sin decir nada. Como era de suponer, Lola empezó a protestar.

Cuando Rico salió del agua, Gypsy apartó la mirada para no ver las gotas deslizándose por su cuerpo medio desnudo. Aunque agradecía que llevase un bañador largo y no algo más sugerente.

–Tengo que ir a Atenas para firmar un contrato. Cena sin mí, seguramente volveré tarde.

Gypsy seguía sin mirarlo, pero tenía la horrible sensación de que le había hecho daño.

Rico estaba en el coche, en medio de un atasco en el centro de Atenas, con el traje arrugado y deseando quitarse la corbata, maldiciéndose a sí mismo. Siempre le había encantado volver a Atenas, a la anticipación del trabajo que lo esperaba o para ver a alguna amante. Pero nada de eso le resultaba atractivo ahora.

En lo único que podía pensar era en la mirada de reproche de Gypsy mientras sacaba a Lola de la piscina, como si hubiera hecho algo malo. Y también en cuánto le gustaría estar en la isla en ese momento.

Rico se maldijo de nuevo por su debilidad. La niña lo estaba haciendo blando y el deseo frustrado lo estaba volviendo loco... eso era lo que pasaba.

Maldijo su promesa de ser paciente e intentó animarse pensando que la empresa de investigación que había contratado seguramente tendría más datos sobre el pasado de Gypsy.

A finales de semana, Gypsy empezó a ponerse nerviosa. Rico la esperaba para desayunar, jugaba un rato con Lola y luego desaparecía en el helicóptero para ir a Atenas.

La mayoría de las noches volvía a la hora de la cena y conversaban un rato, incómodos los dos porque cada vez que Rico intentaba hablar de algo personal, ella se cerraba en banda.

El helicóptero había aterrizado unos minutos antes y Gypsy esperaba con el corazón acelerado que apareciese.

Cuando lo hizo, tan silencioso como una pantera, la dejó sin aliento, como le ocurría siempre. Evidentemente, acababa de ducharse y cambiarse de ropa. Tenía el pelo mojado, echado hacia atrás. La camisa oscura y los vaqueros gastados la hicieron pensar en la noche que se conocieron...

Gypsy apartó la mirada, agradeciendo la presencia de Agneta quien, lamentablemente, se alejó poco después.

Rico le preguntó por Lola y ella le contó que habían hecho una merienda en la playa.

Pero él la miraba con una expresión tan extraña...

–¿Qué ocurre? ¿Tengo algo en la cara?

–¿Quién te hizo creer que deberías alisarte el pelo?

–¿Cómo? –exclamó Gypsy, sorprendida.

–O me cuentas algo sobre ti misma o vivir juntos

durante quince meses va a ser una tortura. Y si ése es tu plan, torturarme, olvídalo porque no va a funcionar. Te recuerdo que estás en deuda conmigo.

Gypsy se mordió los labios mientras jugaba con su servilleta, sintiendo como si estuviera a punto de lanzarse a un precipicio.

–Mi padre... –empezó a decir por fin– a él nunca le gustó mi pelo rizado.

–Pues era un idiota –dijo Rico.

Ella lo miró, sorprendida de nuevo.

–Solía decirme que parecía una gitana y siempre que teníamos que salir hacía que me lo alisaran.

–¿Incluso de niña?

–Sí.

–¿Y tu madre? ¿Qué pensaba ella?

Gypsy se puso tensa.

–Mi madre se puso enferma cuando yo tenía seis años y tuve que ir a vivir con mi padre.

–¿No estaban casados o estaban divorciados?

–No se casaron nunca.

–Háblame de ella –dijo Rico entonces.

–Era irlandesa, pobre, muy ingenua. Mi padre era su jefe. La sedujo prometiéndole todo tipo de cosas y cuando quedó embarazada la despidió. No quería saber nada de ella.

–¿Y tú cómo sabes todo eso?

–Me lo contó mi madre. Y sé que ella lo mantenía informado de nuestro paradero, pero él jamás fue a verme, jamás nos ayudó económicamente aunque estábamos en una situación muy precaria. Y cuando mi madre se puso enferma y le pidió que se hiciera cargo de mí, él no quiso saber nada –Gypsy suspiró–. Pero cuando la prueba de paternidad dio resultado positivo, me llevó a su casa. ¿A ti te pasó algo parecido?

Rico levantó su copa de vino, pensativo.

–Sí, algo parecido. Mi madre tuvo una aventura con un magnate griego y cuando quedó embarazada él volvió a casa y ella se vio obligada a casarse con otro hombre para salvar el honor de la familia –le contó después–. Ésa es la historia que me contaron, pero la verdad es que no fue así.

–¿No?

–Vine a Europa para buscar a mi padre biológico cuando tenía dieciséis años, decidido a echarle en cara habernos dejado en la estacada. Pero cuando por fin lo encontré, aquí en Zakynthos, lo había perdido casi todo y le quedaba menos de un año de vida –Rico suspiró–. Siempre había creído que mi madre perdió el niño. Me dijo que le había suplicado que se casara con él, pero después de ese supuesto aborto espontáneo, mi madre le dijo que se fuera y no volviese nunca más. Así que durante dieciséis años, él pensaba que yo no había nacido y yo que no había querido saber nada de mí. Y mi padrastro me hizo la vida imposible porque le recordaba al hombre que se había acostado con mi madre antes que él.

Gypsy tenía un nudo en la garganta.

–Lo siento. Imagino que debió ser horrible conocer a tu padre para perderlo poco después.

–No te pongas romántica. Era un hombre amargado cuando lo conocí y lo único bueno que hizo por mí fue dejarme una taberna en el puerto... que yo reformé y vendí por un buen precio unos años después –Rico inclinó a un lado la cabeza–. Y me puse su apellido, así que al menos le di eso al final de su vida.

Ella lo miró, pensativa.

–Ahora entiendo que te enfadases tanto al conocer la existencia de Lola. Pero no te lo habría ocultado de haber sabido que podía confiar en ti.

–¿Y por qué no podías confiar en mí?

–Sigo sin saber si puedo hacerlo. Desde que apareciste en mi vida... en nuestras vidas, has dominado y controlado sin pedirme opinión para nada. Yo crecí con un hombre así y sé muy bien lo que es no sentirse querida, saber que eres un estorbo. Y no quiero que mi hija sienta eso jamás.

–Tú admites que no confías en mí y yo no sé si puedo perdonarte por haberme ocultado la existencia de Lola.

–Bueno, sólo tendremos que soportar esto durante quince meses y luego podrás seguir adelante con tu vida –dijo Gypsy, aún con el nudo en la garganta–. Puedes encontrar a otra persona, alguien que tenga una moral intachable.

Rico reaccionó visceralmente, tomando su cara entre las manos.

–No vas a ir a ningún sitio hasta que hayamos lidiado con el deseo que hay entre nosotros, Gypsy.

–¿Ah, sí? Pues entonces vamos a la cama ahora mismo, vamos a lidiar con ello de una maldita vez.

–No, ocurrirá cuando los dos queramos. Provócame todo lo que quieras, pero será mejor que estés preparada.

Gypsy tiró su servilleta y se levantó.

Y Rico tuvo que controlar el deseo de ir tras ella. Demasiadas emociones ambiguas en su interior. En cuanto a perdonarla, el perdón era algo que ella misma le había robado. Aún lamentaba haberse perdido los primeros meses de la vida de Lola, pero ya no estaba enfadado con Gypsy... y ésa era una revelación sorprendente.

Esa noche, Gypsy apenas pudo pegar ojo. Había subido a ver a Lola después de cenar, pero estaba demasiado inquieta como para dormir. Parecía una locura estar confinada en el dormitorio sólo para evitar a Rico y, al recordar la piscina climatizada, decidió que hacer un poco de ejercicio sería la mejor manera de relajarse.

Pero cuando estaba a punto de entrar en el recinto escuchó ruido de agua y vio a Rico atravesando la piscina a grandes brazadas. Como hipnotizada, y medio escondida detrás de una planta, Gypsy vio que dejaba de nadar y se ponía a flotar tranquilamente.

Desnudo.

Estaba completamente desnudo, su cuerpo iluminado por la luz de la luna. Casi tropezando en su prisa por alejarse de allí, Gypsy volvió a su habitación, sabiendo que nada podría erradicar esa imagen de su cerebro.

Durmió un rato, pero algo la despertó de nuevo y suspiró pesadamente cuando creyó escuchar un gemido de Lola por el monitor. No sabía si era un sueño o no, pero se levantó a investigar, por si acaso.

En la puerta de la habitación, Gypsy contuvo el aliento al ver a Rico dormido en un sillón al lado de la cuna, las piernas estiradas frente a él, con una camiseta vieja y un gastado pantalón vaquero... y con Lola en brazos.

La niña estaba profundamente dormida, con un dedito en la boca y la otra mano sobre el torso de su padre. Por un segundo, Gypsy estuvo a punto de ponerse a llorar, tan intensa era la emoción que sentía.

Entonces pensó que Rico debía estar muy incómodo en el sillón y, descalza, se acercó de puntillas para no despertarlo e intentó tomar a la niña...

Inmediatamente, Rico se incorporó, apretando a Lola contra su pecho en un gesto protector. Se miraron a los ojos sin decir nada durante unos segundos y después, relajando los brazos, le entregó a la niña. En silencio, Gypsy metió a Lola en la cuna y la tapó con una mantita, rezando para que Rico no estuviera allí cuando se diese la vuelta.

Pero estaba allí. Inclinado hacia delante, los codos apoyados en las rodillas, mirándola con gesto cansado, el pelo sobre la frente y los ojos brillantes de deseo...

Ardiendo, Gypsy dio un paso atrás. Pero Rico se levantó para tomar su mano y, poniendo un dedo sobre sus labios para que no dijese nada, señaló la cuna.

Ella asintió con la cabeza y dejó que la sacara de la habitación con el corazón acelerado. Una vez fuera, Gypsy intentó soltar su mano, pero Rico no se lo permitió.

Y cuando levantó la mirada lo único que pudo ver fueron un par de ojos grises que echaban fuego.

Conocía esa mirada. Echaba de menos esa mirada. La había visto en sus sueños durante dos años. Pero aun así, sacudió la cabeza. La necesidad de protegerse a sí misma era tan fuerte que abrió la boca para decir algo, pero Rico volvió a poner un dedo sobre sus labios y se acercó un poco más, empujándola suavemente contra la pared. Gypsy no podía pensar, sólo podía ver la imagen de Rico desnudo en la piscina.

–Esto era inevitable –dijo él, con voz ronca– tan inevitable como lo fue hace dos años. Los dos hemos estado esperando esto... deseando esto...

Gypsy sacudió la cabeza inútilmente.

–No...

–Eres mía, Gypsy, y no habrá más esperas. Tu cuerpo me dice lo que tú no quieres decirme.

Luego inclinó la cabeza para besarla apasionadamente. El deseo fue instantáneo y abrumador. Gypsy no podía hacer nada. Era un manojo de vulnerabilidades y, con cada paso, aquel hombre la hacía sentir aún más vulnerable.

Sintiéndose impotente, y furiosa por su debilidad, decidió devolver fuego con fuego y disfrutó al oírlo suspirar.

Gypsy tiró de su camiseta para acariciar su piel desnuda. *Necesitaba* hacerlo y sintió cómo se contraía su vientre cuando lo rozó con las uñas.

Rico la tomó en brazos para llevarla al dormitorio y la tumbó en la cama, sus ojos calvados en ella.

No podía apartar la mirada por mucho que quisiera y sintió que sus mejillas ardían, que todo su cuerpo estaba ardiendo cuando Rico clavó las caderas en las suyas para que notara en qué estado se encontraba por su culpa.

Sintiendo un río de lava entre las piernas, Gypsy enredó los brazos alrededor de su cuello, buscando su boca, saboreando su firme labio inferior mientras Rico le quitaba el pijama y empezaba a tirar de sus braguitas. El clamor de su pulso le decía que por mucho que protestase, ella deseaba aquello tanto como Rico.

Cuando, sintiéndose tímida de repente, intentó cubrirse los pechos con las manos, él sonrió.

—Es un poco tarde para ese pudor, ¿no te parece?

Gypsy se mordió los labios y Rico se inclinó para besar su hombro antes de levantarse para quitarse el pantalón y quedar de pie a su lado, orgullosamente denudo.

Incapaz de contenerse, Gypsy miró hacia abajo, tan asustada como fascinada por el tamaño, a pesar de haber estado con él antes.

—Tócame, Gypsy, por favor...

Ella alargó una mano para tocarlo y, de inmediato, lo sintió temblar como había temblado esa noche.

Sin dejar de acariciarlo arriba y abajo, Gypsy suspiró al sentir su mano entre las piernas, abriéndolas, acariciándola por encima de los rizos. Pero se quedó inmóvil cuando sintió que deslizaba un dedo entre sus pliegues... y su cuerpo se cerró en una reacción automática.

−¿Cómo iba a olvidar que respondías de esa forma? −murmuró él, con voz ronca.

Gypsy dejó escapar un suspiro de placer. Sus pechos estaban hinchados, los pezones tan duros que casi le dolían.

Como si intuyera su agitación, Rico apartó su mano y se tumbó sobre la cama.

−No sé si puedo hacerlo despacio...

−No quiero que vayas despacio.

Vagamente, oyó que rasgaba el paquetito del preservativo antes de colocarse sobre ella, su ancho torso aplastando sus pechos. Ciegamente, levantó las piernas y buscó sus nalgas con las manos para empujarlo.

Rico puso una mano en su espalda para levantarla y, mientras la penetraba, se inclinó para chupar uno de sus pezones. Y Gypsy tuvo que morderse la mano para no gritar de placer.

Con cada embestida, el pasado y el presente se confundían. Siempre había pensado que la noche que estuvieron juntos había habido algo más que sexo, que no podía haber sido tan increíble como ella recordaba.

Pero lo que estaba ocurriendo en ese momento era aún más de lo que recordaba. Sus cuerpos estaban cubiertos de sudor mientras se movían al mismo ritmo, buscando el esquivo clímax. Rico era un maestro de la tortura, llevándola casi hasta el final para apartarse de golpe, dejándola al borde del precipicio.

Al borde de las lágrimas que no podía esconder.

−Rico, por favor...

Y, por fin, Rico se dejó llevar por el demonio

que tenía dentro y llevó a Gypsy al abismo antes de dejarse caer en él.

Después de un breve respiro, fue Gypsy quien se volvió hacia Rico y empezó a besar su torso, su duro estómago, su ombligo... su erguido miembro.

Haciendo un esfuerzo sobrehumano para mantener el control, Rico se apartó antes de explotar y la colocó sobre él, con una pierna a cada lado.

Tuvo que apretar la mandíbula con todas sus fuerzas para contenerse viéndola sobre él, moviéndose arriba y bajo sobre su miembro, más duro y grande de lo que lo había visto nunca. Enardecido, acarició sus pechos con una mano antes de incorporarse para tomar uno y luego otro con la boca.

Gypsy se inclinó para besarlo, los duros pezones rozando el torso masculino. Y Rico supo entonces que cualquier esperanza que hubiera tenido de que su noche juntos no hubiera sido tan fantástica como recordaba se fue por la ventana.

Porque aquello la eclipsaba por completo.

Capítulo 10

S É QUE estás despierta, Gypsy. Y también sabía que estabas despierta en Buenos Aires. Ella abrió los ojos para mirar los de Rico. Su corazón latía dolosamente dentro de su pecho y sentía que le ardían las mejillas. No quería ni pensar en lo lasciva que había sido por la noche. O en lo fácilmente que había capitulado.

Él estaba apoyado en un codo, mirándola, y vio que estaba afeitado, con una camisa blanca y un pantalón vaquero.

—¿Qué hora es? ¿Y dónde esta Lola?

—Abajo, con Agneta y su nieto, que es de su misma edad.

Gypsy lo miró, suspicaz.

—¿Le has cambiado el pañal?

Rico hizo una mueca.

—Sí, después de varios intentos fallidos lo he conseguido.

—Debería levantarme...

—Adelante, nadie te lo impide.

—Pero estoy desnuda.

Rico sonrió.

—¿Estás diciendo que sientes pudor después de lo de anoche?

Gypsy, aún más colorada, miró alrededor, buscando desesperadamente algo con lo que cubrirse. Compadeciéndose de ella, Rico fue al baño a buscar un albornoz, pero no se dio la vuelta mientras se lo ponía. Y Gypsy dejó escapar un gemido cuando Rico agarró las solapas del albornoz y la apretó contra su pecho.

–No podemos...

–Aunque estoy deseando volver a hacerte el amor, no voy a hacerlo ahora mismo –la interrumpió él–. Pero no quiero escuchar una palabra de recriminación o de remordimiento. Te mudarás a mi habitación y pondremos a Lola en la habitación anexa a la mía.

Gypsy iba a decir algo, pero Rico la interrumpió con un beso.

–No voy a decir nada de que lamento lo que ha pasado, pero quiero tener mi propia habitación.

Él pasó un dedo por su cara, sonriendo.

–¿Sigues pensando que debes tenerme miedo?

Gypsy no respondió. Sabía que debería tener miedo porque esa nueva intimidad con Rico era aterradora para su equilibrio. El poco que le quedaba.

–Muy bien, como quieras –dijo él por fin–. Mientras estés en mi cama cada noche... o yo en la tuya, la geografía no es importante.

Y durante las dos siguientes semanas, Rico demostró que el deseo de independencia de Gypsy era una broma. Si iba a su cama, no se marchaba hasta la hora del desayuno y si ella despertaba en la suya, no la dejaba ir tan fácilmente. De modo que usaban sus habitaciones sólo para ducharse.

Y lo más turbador era que cuando Rico volvía de Atenas cada noche, Gypsy lo esperaba con una ilusión que ya no podía disimular.

–*Kalispera*, pequeña mía –Rico tomó a Lola en brazos y la niña rió, encantada.

–Vas a confundirla hablando en dos idiomas diferentes –protestó Gypsy. Aunque no hablaba en serio. En realidad, le gustaría que la saludara a ella de esa manera.

–Tonterías. Es mi hija y, por lo tanto, es una niña con una inteligencia superior a la normal. Y será bilingüe o trilingüe antes de los tres años.

El corazón de Gypsy empezó a latir con tal fuerza que se llevó una mano al pecho por temor a que Rico pudiese oírlo.

–Mañana por la noche hay un evento en Atenas y me gustaría que me acompañases.

–¿Una cena benéfica?

–No, es una fiesta para celebrar la inauguración del hotel de un amigo.

–Ah, muy bien.

–Demi vendrá a buscarte y te llevará a Atenas en el helicóptero. Nos veremos en el hotel.

–¿Y Lola?

–Agneta se quedará con ella.

–¿Vamos a dormir en Atenas?

–Claro.

–Pero nunca he dejado sola a la niña –protestó Gypsy.

–Y por eso me parece buena idea que empieces

a hacerlo. Me invitan a este tipo de eventos continuamente y es más práctico dormir en Atenas. Podríamos llevarla con nosotros si tuviéramos una niñera, pero como no la tenemos...

–No necesitamos una niñera. Yo puedo cuidar de ella.

–Pero no todo el tiempo –dijo él–. Ahora que lo mencionas, le pediré a mi ayudante que se ponga en contacto con una agencia.

Gypsy apretó los labios.

–Lo estás haciendo otra vez, Rico.

–¿Qué estoy haciendo?

–Diciéndome lo que tengo que hacer sin pedir mi opinión.

–Mira, yo soy un hombre muy ocupado –dijo él–. El trato de estar juntos durante quince meses incluye que me acompañes a esos eventos y no podemos hacerlo con un niño en brazos. Y no le pasará nada, no te preocupes. Rafael e Isabel tienen una niñera precisamente para eso.

–Pero a mí no me gusta la idea de tener niñera. Además, Rafael e Isabel... son diferentes.

–¿Por qué, porque son una pareja?

–Sí... no sé.

–No hay ninguna razón para que nosotros no lo seamos también, Gypsy. Nos deseamos...

Ella se apartó, nerviosa.

–Ese acuerdo es idea tuya, yo no tuve nada que decir. Y Rafael e Isabel no tienen nada que ver con nosotros. ¡Pero si siquiera te caigo bien!

Rico la miró, pensativo.

–Lo que siento por ti está pasando por una metamorfosis y, si quieres que sea totalmente sincero, quince meses me parece poco tiempo. Yo veo una unión más larga. Sería lo más práctico, especialmente sabiendo que me deseas...

Sintiendo pánico ante su fría expresión, y deseando saber qué había querido decir con eso de que sus sentimientos por ella estaban cambiando, Gypsy replicó:

–El deseo dura poco y estoy segura de que tú no querrías acostarte con una mujer que ya no te desea. Así que tal vez lo mejor sería que lo pensaras bien...

Rico no la dejó terminar la frase. Sin decir nada, la tomó por la cintura y la apretó contra su pecho, dejándola sin aliento.

–¿Decías?

Ella abrió la boca para contestar, pero no sabía qué decir.

–Pues...

–No creo que tu deseo vaya a desaparecer en un futuro próximo. Esto que hay entre nosotros no le ocurre a todo el mundo, Gypsy. Ha sido inmediato, desde el momento que nos vimos en esa discoteca. ¿Crees que va a desaparecer ahora, cuando una ausencia de dos años no ha logrado que lo olvidemos?

–Nada dura para siempre...

Rico la miró a los ojos y, al hacerlo, supo que sus sentimientos por ella no eran los de antes. No podía seguir negándolo. Tenía que aceptar que sus sentimientos por Gypsy habían cambiado por completo.

–Si crees que esto es algo que ocurre más de una vez en la vida, entonces eres más cínica de lo que yo creía.

Gypsy lo miró, con el corazón en la garganta.

–Pero tú... tú no eres de los que se casan.

–Tú no sabes cómo soy porque desde la mañana que descubriste quién era me has colocado en una casilla determinada.

–No sé qué quieres decir.

–Lo que quiero decir es que tienes que abrirme tu corazón, Gypsy. Y tienes que darme una oportunidad. Tienes que confiar en mí. No voy a dejarte ir, estoy en tu vida y en la vida de Lola para siempre. Y para que esto funcione, tenemos que ponernos de acuerdo. Y tienes que estar a mi lado cuando te necesite.

–¿Quieres decir estar disponible para un revolcón cuando te apetezca?

–Los dos queremos acostarnos juntos, no finjas que no es así. E igual que nunca antes había ligado con una chica en una discoteca, tampoco había sentido nunca... lo que siento por ti. Eres única, Gypsy Butler.

Entonces escucharon los balbuceos de Lola por el monitor y Gypsy pasó a su lado para salir del estudio, intentando fingir que no pasaba nada cuando su mundo se había puesto patas arriba.

–Estoy cansada. Me voy a la cama... sola.

–No te preocupes, no iré a buscarte esa noche. Me iré mañana temprano, pero te espero en Atenas.

Esa noche, incapaz de pegar ojo y añorando a Rico a pesar de lo que había dicho, Gypsy miraba el techo de la habitación. Necesitaba pensar, pero su mente estaba turbadoramente nublada. Rico decía ver un futuro para ellos... ¿pero qué clase de futuro? ¿Y era lo bastante valiente como para preguntarle?

Gypsy se dio la vuelta para mirar el mar, como una masa negra, con las lucecitas de los barcos a lo lejos.

Rico tenía razón. Lo había juzgado mal desde el principio sólo porque pertenecía a una élite de hombres poderosos... como su padre.

Pero no se parecía nada a su padre, en ningún sentido. Y ahora sabía por qué había querido a Lola desde el principio.

Avergonzada, tuvo que reconocer que parte de su reacción era debida a los celos al ver cómo se portaba con Lola porque su padre jamás se había portado así con ella. Y también entendió que su arrogancia inicial era debida a la sorpresa y tal vez al miedo de que intentase darle esquinazo.

No podía dejar de recordar la primera noche, la primera vez. La magia que había en el aire cuando el oscuro y seductor extraño la hizo reír, cuando hicieron el amor con una intensidad que la dejó hecha pedazos. Conociendo a Rico como lo conocía ahora, tal vez estaba disfrutando del anonimato...

Si era sincera consigo misma, aparte del miedo por el inesperado embarazo y la sorpresa al descubrir su identidad, le había dolido que la dejase con una simple nota. Y sin embargo, él había admitido que lo lamentaba, incluso le había dicho que intentó ponerse en contacto con ella.

Se le encogió el corazón al pensar eso. No había creído que Rico pudiese mirarla con la ternura con la que Rafael miraba a su mujer, pero su tonto corazón no podía dejar de hacerse ilusiones.

Pero no podía engañarse a sí misma pensando que la atracción que había entre ellos la absolvería a sus ojos por lo que había hecho.

Sólo habían pasado unas semanas desde que volvió a ver a Rico... ¿cómo iba a confiar en sus sentimientos cuando el futuro de su hija estaba en juego? ¿Quién podía decir que Rico no estaba seduciéndola para controlar el futuro de Lola?

El miedo era tan fuerte que la hacía sospechar de su lazo con Lola. Lo odiaba, pero era un miedo del que no podía librarse, estaba dentro de ella después de años viviendo con un hombre que la había hecho infeliz por resentimiento, porque era el recordatorio de una debilidad. Un hombre que había dejado morir a su madre porque era «socialmente indeseable» y porque le había obligado a reconocer a una hija a la que no quería.

Gypsy siguió dándole vueltas a la cabeza hasta que, por fin, se quedó dormida.

Gypsy se miró en el espejo de la suite del hotel a cuya inauguración había acudido con Rico. Un coche había ido a buscarla al aeropuerto para llevarla al hotel, donde había sido recibida por un auténtico séquito.

Una vez que eligió el vestido que iba a ponerse, de entre todos los que había llevado la estilista, el equipo se puso a trabajar. La peluquera le dijo que tenía órdenes de no alisar su pelo y Gypsy sonrió, aunque tenía el estómago encogido.

Sola por fin, se miraba al espejo y se encontraba ridícula y terriblemente sexy a la vez. El vestido era de color oro viejo hasta la rodilla, con una banda que lo sujetaba a un hombro, dejando el otro al descubierto.

Dos horquillas doradas sujetaban su pelo, apartándolo de su cara, y como única joya unos sencillos aretes de oro.

Rico entró en ese momento, guapísimo con un traje oscuro y una camisa blanca.

–Estás preciosa.

–Gracias. Tú también estás muy guapo.

Llevaba dos copas de champán en la mano y cuando le ofreció una, Gypsy contuvo la respiración instintivamente, pero se obligó a sí misma a tomar un trago para no dar explicaciones.

–No me digas que es la primera vez que tomas champán.

–No, pero hacía tiempo que no lo tomaba –dijo ella, mirándolo en silencio durante unos segundos–. ¿Qué te pasó en la nariz?

Rico se irguió como si lo hubiera golpeado.

–Mi padrastro. El día que me marché de Buenos Aires me dejó un recuerdo de su afecto.

Gypsy recordó lo que Isabel le había contado.

–¿También es el responsable de las cicatrices que tienes en la espalda?

Las había visto mientras hacían el amor, pero no se había atrevido a preguntar hasta ese momento.

–Es su legado por no ser su hijo biológico. No es fácil apartarse de un cinturón cuando eres pequeño.

Horrorizada, Gypsy levantó una mano para tocar su cara. Le daba tanta pena pensar lo que había sufrido de niño...

–Lo siento mucho, de verdad. Si yo hubiera podido hacer algo...

Entonces lo supo: se había enamorado de Rico. Se había enamorado profundamente de aquel hombre.

Pero, sin darse cuenta de que su corazón se había vuelto loco, Rico le quitó de la mano la copa de champán.

–Deberíamos bajar. La inauguración empezará en cualquier momento.

Sintiendo como si la tierra se hubiera movido bajo sus pies, Gypsy lo siguió. Durante el viaje en el ascensor iba mirando hacia delante, temiendo que si lo miraba a los ojos él se diera cuenta...

Rico también iba mirando hacia delante, pensativo, recordando lo que había dicho mientras acariciaba su cara. Sólo otra persona, Rafael, sabía lo que había sufrido durante su infancia porque lo había sufrido también, aunque no tanto. Muchas veces había notado que Rafael lo miraba con pena, como si lamentase no haber podido hacer algo, como diciendo que si hubiera podido controlar a ese bruto lo habría hecho. Pero la complicidad de Gypsy, su gesto de ternura...

Respirando profundamente antes de que las puertas del ascensor se abrieran, Rico apretó su mano y ella le devolvió el apretón en un silencioso y totalmente nuevo gesto de comunicación entre los dos.

Rico no soltaba su mano y Gypsy se alegraba. Aunque jamás hubiera podido imaginar que Rico Christofides la reclamase como suya públicamente. O que a ella le gustase.

Apenas necesitaban moverse porque la gente se acercaba a él. La única vez que lo hicieron fue para saludar a una pareja.

–Quiero que conozcas a unos amigos que acaban de casarse, Leo Parnassus y su mujer, Angela.

La mujer sonrió tímidamente, llevándose una mano al abdomen. Gypsy le preguntó de cuánto tiempo estaba y empezaron a charlar sobre embarazos y niños.

Unos minutos después, cuando se despidieron de ellos, Rico dijo:

–Yo no sé nada sobre tu embarazo o sobre el parto de Lola.

Gypsy soltó su mano, pensando que estaba echándoselo en cara.

–Lo siento, yo no...

–No, no estoy enfadado. Ya no –se apresuró a decir él–. Pero me gustaría que contestases a una pregunta.

Gypsy asintió con la cabeza, sintiendo que el vacío en el que estaba cayendo se hacía cada vez más profundo.

Pero en ese momento, sin aviso o premonición de ninguna clase, oyó que alguien gritaba:

–¡Dios mío, pero si es Alexandra Bastion! Eres tú, ¿verdad?

Capítulo 11

GYPSY se quedó helada y, sin darse cuenta, apretó la mano de Rico como pidiendo su apoyo.

La mujer se acercó para tomarla del brazo y Gypsy la reconoció. Habían ido juntas al colegio, a un carísimo internado en Escocia, el sitio más alejado de Londres que su padre había podido encontrar.

–Alexandra, no me lo puedo creer. Han pasado... siete años desde que salimos de ese sitio horrible. ¿Cómo estás?

Miraba a Rico, evidentemente esperando una presentación, pero Gypsy era incapaz de articular palabra.

Como si se diera cuenta de su predicamento, Rico le pasó un brazo por la cintura.

–Lo siento... me temo que se ha equivocado de persona.

–Qué raro –dijo la mujer–. Podría haber jurado que era Alexandra Bastion...

–No, no es ella.

Mientras la llevaba hacia el ascensor, Gypsy sintió que su frente se cubría de sudor. Si Rico no hubiera estado sujetándola habría caído al suelo.

Mientras subían a la suite, en silencio, Gypsy respiraba profundamente, intentando llevar aire a sus pulmones para no vomitar.

Pero en cuanto llegaron arriba corrió al baño y se inclinó sobre el inodoro. Oyó que se abría la puerta y vio que Rico entraba, pero le hizo un gesto con la mano.

—No, por favor, márchate...

Él no le hizo caso. Gypsy oyó el ruido del grifo del lavabo y después sintió que le ponía una toalla húmeda en la frente.

—Tranquila, no pasa nada.

Por fin, cuando hubo vaciado el contenido de su estómago, Rico la ayudó a levantarse y le dio un cepillo de dientes con pasta.

Después de lavarse los dientes y echarse agua en la cara, Rico la tomó en brazos a pesar de sus protestas y la llevó al dormitorio para sentarla en un sillón mientras él se sentaba al borde de la cama, esperando.

Gypsy sabía que tenía que darle una explicación y respiró profundamente.

—¿Por qué has vomitado? —le preguntó él.

—Cuando tenía quince años, mi padre me encontró bebiendo champán de una botella que había quedado en el salón después de una fiesta... era una travesura de niña, pero abrió una botella nueva y me obligó a tomármela entera. No dejó que me moviese de allí hasta que terminé y cuando vomité en el suelo me hizo limpiarlo... diciendo que tal vez recordaría esa lección si alguna vez tenía ganas de volver a beber champán.

–Tu padre era John Bastion –dijo Rico entonces.

Y no era una pregunta, era una afirmación.

–¿Desde cuándo lo sabes?

–Lo descubrí antes de que llegásemos a Grecia.

De modo que lo había sabido durante las últimas semanas, pero no había dicho nada.

–Quería que me lo contases tú misma. ¿Por qué no quieres hablar de él?

Gypsy apretó los labios. ¿Por dónde podía empezar?

–Porque lo odiaba y desde el día que murió quise olvidarme de su existencia. Mi padre no me quería, no quería saber de mí –Gypsy sacudió la cabeza–. La única razón por la que me acogió en su casa es porque era eso que se llama un «pilar de la sociedad» y los Servicios Sociales no habrían entendido que no lo hiciera. Tenía que hacerlo para quedar bien, pero en cuanto estuve bajo su techo insistió en cambiar mi nombre por el de Alexandra y contó a sus amistades que me había adoptado por su buen corazón. No quería que nadie supiera quién era mi madre biológica. Se avergonzaba de haber tenido una aventura con una simple limpiadora... se avergonzaba de todo lo que tuviera que ver conmigo.

–¿Y tu madre? ¿Qué fue de ella?

Ella apretó las manos, nerviosa.

–El apartamento en el que vivía con Lola es un palacio comparado con algunos de los sitios en los que vivíamos... mi madre estaba enferma y no era capaz de encontrar trabajo. Intentó suicidarse en una ocasión... por eso quería que me fuera con mi padre. Pero él insistió en llevarla a un hospital psi-

quiátrico y, sin recursos, sin nadie que hablase por
ella se perdió en ese laberinto, fue olvidada por todos. Murió cuando yo tenía trece años, pero sólo lo
supe tras la muerte de mi padre, cuando encontré
una carta del hospital en su estudio.

–¿Tu padre y tu madrastra murieron en ese accidente de avión?

Gypsy asintió con la cabeza.

–Sobre el canal de la Mancha, volviendo de
Francia.

–¿Por qué estabas en la discoteca esa noche? –le
preguntó Rico entonces.

–Mi padre no tuvo tiempo de cambiar su testa-
mento... algo que sin duda hubiera hecho tarde o
temprano para dejarme fuera. Pero como se creía
infalible y no contaba con una muerte repentina, yo
lo heredé todo. Esa noche, la noche de la discoteca,
habían pasado seis meses desde su muerte y yo había recibido su dinero...

–¿Estabas celebrando que habías heredado? –le
preguntó Rico.

–No, al contrario. Había devuelto todo el dinero
de John Bastion a las organizaciones benéficas de
las que era socio y a las que había robado durante
años. Yo lo sabía y me sentía tan culpable por no
haber llamado a la policía que hice lo que pensé
que debía hacer. Pero lo hice todo de manera anó-
nima, no quería la atención de los medios. Y también recuperé mi verdadero nombre, lo cual fue re-
lativamente fácil. Por fin era libre, de él y de su
legado. No quería un solo céntimo de John Bastion.

–¿Y lo celebraste bailando?

Gypsy se encogió de hombros.

–Esa noche pasé por delante de la discoteca y, al escuchar la música, decidí celebrar que por fin era libre después de años de sufrir maltrato por parte de ese hombre. Hablaba de ti algunas veces, por cierto.

–¿Ah, sí?

–Tenía envidia de tu fortuna y de tu talento y decía que eras despiadado. Otra razón para que yo pensara mal de ti... creí que eras como mi padre.

Rico hizo una mueca.

–Yo nunca tuve nada que ver con él. No tenía respeto por su forma de hacer negocios.

–Eso lo sé ahora, pero entonces... –Gypsy se levantó bruscamente. Nunca le había revelado nada de aquello a otra persona y, de repente, se sentía vulnerable–. ¿Te importa si no seguimos hablando de ello? Es el pasado. Alexandra Bastion no existe, no ha existido nunca. Y me gustaría volver a casa esta noche, si no te importa.

Rico se levantó también.

–Claro que no. Llamaré a Demi ahora mismo. ¿Por qué no te cambias mientras esperamos?

Durante el viaje de vuelta a la isla, Rico iba en silencio y Gypsy se lo agradeció. Una vez en la villa, cuando comprobaron que Lola estaba bien, Rico tomó su cara entre las manos.

–Hablaremos por la mañana... porque tenemos que hablar.

Ella asintió con la cabeza y Rico se alejó, dejándola sola.

Y esa noche, por primera vez en mucho tiempo, Gypsy durmió como un bebé.

A la mañana siguiente, Gypsy despertó al escuchar los balbuceos de Lola, que esperaba tranquilamente en su cuna a que alguien fuese a buscarla.

Gypsy tenía un presentimiento, como si fuera a pasar algo importante, aunque no sabía qué. Y no podía olvidar las revelaciones que le había hecho a Rico sobre su pasado. Y, sin embargo, él no las había usado contra ella como había temido.

¿Qué pasaría a partir de aquel momento?

—¡Mamá! —gritó Lola, al verla en la puerta de la habitación.

—Hola, cariño —Gypsy la apretó contra su pecho, respirando el delicioso aroma de su pelo. Pero Lola ya estaba revolviéndose para que la dejara en el suelo.

Cuando salió corriendo hacia la puerta se dio cuenta de que buscaba a Rico, que acababa de aparecer en ese momento, recién afeitado y guapísimo en vaqueros y camiseta.

—Yo la llevaré abajo si quieres vestirte —le dijo, tomando a Lola en brazos.

«Para que podamos hablar».

No lo dijo en voz alta, pero estaba bien claro. Ahora tenía todo el poder. Gypsy odiaba imaginar automáticamente lo peor, pero había tenido que lidiar con un monstruo durante años y ciertas cosas eran imposibles de olvidar.

Poco después se reunía con él en la terraza, vestida también con vaqueros y camiseta. Agneta estaba allí, jugando con Lola. Cuando la mujer insistió en subir a la habitación con la niña para cambiarla de ropa, Rico dejó la servilleta sobre la mesa y se levantó.

–¿Quieres venir a mi estudio, por favor?

–Sí, claro.

Una vez en el estudio, Rico se sentó al borde del escritorio y Gypsy miró alrededor, nerviosa.

–No sabía que lo hubieras pasado tan mal a manos de ese canalla.

–¿Cómo ibas a saberlo? Nadie lo sabía más que yo.

–Por eso no quisiste contarme lo de Lola, ¿verdad?

Ella tragó saliva.

–En parte, sí. Pero creas lo que creas, pensaba decírtelo en algún momento... no sé cuándo. Quería estar en una posición mejor, estable, trabajando como psicóloga infantil. No quería que me vieras como alguien débil y la idea de tener que ir a los tribunales para demostrar que la niña era hija tuya no me apetecía nada. No quería que la gente supiera que era Alexandra Bastion y empezaran a preguntarse dónde había ido la fortuna de mi familia. Y jamás pensé que pudiera quedar embarazada...

–Fue muy mala suerte que vieras las noticias esa mañana. La mujer que intentó cargarme con un hijo que no era mío... no tenía nada que ver contigo –Rico se apartó del escritorio y empezó a pasear por el estudio–. Mira, está claro que los dos teníamos nuestras razones para hacer lo que hicimos. Pensé que eras como mi madrastra, que me habías alejado de Lola sólo para salirte con la tuya. Y pensar que Lola podría haber sido criada por un hombre como mi padrastro algún día, que hubiera tenido que soportar lo que soporté yo... era demasiado horrible.

Gypsy se mordió los labios.

–A mí me daba pánico que fueras como mi padre... o peor porque eras más poderoso que él. Para John Bastion yo sólo fui un estorbo y me lo hizo saber cada día. Pensé que me arrebatarías a mi hija, que me apartarías de ella como John hizo con mi madre.

Rico negó con la cabeza.

–Estaba furioso, sí, pero jamás pensé en separarte de la niña. Admito que no pensaba tenerte en mi vida, pero ya no lo veo así.

–¿No?

–No –dijo él, con voz ronca–. Ahora veo un futuro con los tres juntos. No quiero que esto termine dentro de quince meses, no quiero que os vayáis. Quiero que seamos una familia.

Gypsy empezó a temblar de la cabeza a los pies. Lo que estaba diciendo era... colosal. Quería que estuvieran juntos para siempre.

Era a la vez la proposición más emocionante y más aterradora que le habían hecho en toda su vida.

Pero, de repente, volvió el miedo. ¿Y si Rico se cansaba de ella? Tal vez la había perdonado al conocer sus circunstancias, ¿pero y si seguía resentido contra ella? ¿Y si un día dejaba de desearla y buscaba a otra mujer?

Gypsy negó con la cabeza.

–¿Quieres que acepte eso así, de repente? ¿Apenas nos conocemos y crees que podemos ser una familia?

–Sé que te cuesta trabajo confiar en mí...

–No te pongas condescendiente conmigo –lo interrumpió ella–. Desde el principio has intentado decirme lo que tenía que hacer y salirte con la tuya. Eso es exactamente lo que me da miedo.

–Gypsy, no estás siendo sensata...

–Yo no soy mi madre, Rico. No soy débil y tengo un título universitario. Puedo cuidar de mí misma y de mi hija.

–No estoy diciendo que no puedas hacerlo. Lo que digo es que me gustaría que estuviéramos juntos.

–Porque quieres controlarnos –Gypsy sabía que estaba siendo irracional, pero no podía evitarlo.

–¡No, maldita sea! No quiero controlar nada, quiero a Lola. No quiero separarme de ella y... –Rico no terminó la frase–. ¿Qué te pasa?

Por un momento, Gypsy había pensado que iba a decir que también la quería a ella y cuando no lo hizo se le rompió el corazón. Pero lo importante era que quería a Lola y quería lo mejor para ella. No tenía nada que ver con su padre.

–¿Qué voy a tener que hacer para demostrar que puedes confiar en mí, que no soy como tu padre?

–Necesito saber que me dejarás ir si quiero hacerlo, que no intentarás apartarme de Lola para castigarme...

Rico salió del estudio sin decir nada y antes de

que Gypsy pudiera preguntar, volvió con una llave en la mano, la llave del jeep.

–Toma, llévatelo. Le he pedido a Agneta que haga tu equipaje.

–¿Quieres decir que podemos irnos ahora mismo?

–Eso es lo que quieres, ¿no? ¿Eso es lo que hace falta para que me creas?

Gypsy sospechaba que Rico estaba intentando demostrar algo, pero asintió con la cabeza. Tal vez la dejaba ir porque no sentía nada por ella.

Las cosas ocurrieron a toda velocidad a partir de ese momento y, unos minutos después, Rico colocaba sus maletas en el jeep mientras ella abrochaba el cinturón de seguridad de Lola. La pobre Agneta miraba sin entender, estrujándose las manos como si hubiera hecho algo malo.

–Esto no significa que estéis fuera de mi vida –le advirtió Rico–. Lola siempre sabrá que estoy aquí para ella.

Gypsy subió al jeep, intentando contener las lágrimas mientras arrancaba. No sabía dónde ir o qué iba a hacer, pero estaba intentado demostrarle que quería ser libre, que tenía derecho a serlo... y le parecía el momento más triste de su vida. Pero salió de la villa y tomó la carretera de la costa... y casi inmediatamente escuchó un grito en el asiento de atrás.

–¡Papá!

Sorprendida, Gypsy estuvo a punto de dar un volantazo. Era la primera vez que Lola decía esa palabra. Era como si hubiera hecho la conexión ahora que lo dejaban atrás y tuvo que parar en el arcén porque sus ojos se llenaron de lágrimas.

Y entonces Lola empezó a llorar amargamente, llamando a su papá. Las dos estaban llorando cuando la puerta del jeep se abrió de repente.

–¿Qué ocurre? ¿Has tenido un accidente? ¡Rico!

Gypsy no podía decir una palabra. Aunque Lola había dejado de llorar, ella no dejaba de hacerlo.

–Papá, papá...

–Me ha llamado papá... –murmuró, enternecido–. No pasa nada, pequeña mía. ¿Quieres volver a casa?

Evidentemente, Lola debió hacer algo para indicar que quería hacerlo porque Rico colocó a Gypsy en el asiento del pasajero y subió al jeep para volver a la villa.

A través de las lágrimas, Gypsy lo vio sacar a la niña del asiento de seguridad para dársela a una aliviada Agneta, diciendo algo en griego que hizo sonreír a la mujer. Y luego la sacó a ella en brazos a pesar de sus protestas. Pero Gypsy se sentía tan débil como una muñeca de trapo.

Rico la llevó al dormitorio y se sentó en un sillón, con ella sobre las rodillas. Pero Gypsy seguía llorando hasta que le ofreció un pañuelo para que se sonara la nariz.

Cuando recuperó la compostura, intentó levantarse, pero él no la dejó.

–¿Crees ahora que te dejaré ir cuando quieras hacerlo?

–Pero ibas detrás de nosotras...

–Contesta a la pregunta, Gypsy Butler. ¿Crees que os dejaría ir?

Ella asintió con la cabeza porque lo creía de verdad. En realidad, lo había creído antes de que Rico orquestase esa fracasada partida.

–Os estaba siguiendo para comprobar que estabais bien. Parecías tan sorprendida que me preocupé. Y me alegro mucho de que me creas porque no voy a dejar que vuelvas a marcharte.

Gypsy ni siquiera podía fingir indignación. Sólo sentía tal pena que sus ojos volvieron a llenarse de lágrimas.

–No es que quiera irme, pero no sé cómo querer a Lola va hacerte feliz.

–¿Qué quieres decir?

–¿No querrás conocer a otra mujer, tener otra familia? Tú adoras a Lola y la niña te adora a ti... y sé que tú nunca le harías daño, pero... –Gypsy llevó aire a sus pulmones, armándose de valor–. Verás, yo también te quiero y no quiero marcharme nunca. Confío en ti, pero me da miedo porque nunca he confiado en nadie y...

Rico levantó una mano para secar sus lágrimas.

–¿Puedes dejar de hablar un minuto?

Había tal ternura en su voz que Gypsy dejó de llorar.

–Gypsy Butler, ¿es que no te das cuenta de que estoy loco por ti?

Ella negó con la cabeza, atónita.

–No...

–Pues lo estoy. Iba a decírtelo antes, pero no me atreví. Me enamoré de ti esa noche, en la discoteca. Estaba a punto de marcharme, aburrido, y entonces apareciste tú... y no podía apartar la mirada. Pare-

cías tan libre, tan diferente a todas las demás mujeres. Esa noche fue mágica para mí, Gypsy. Pensé
que había conocido a la única persona que conec-
taba conmigo de verdad, no con el magnate, conmigo. Y fui un idiota por marcharme esa mañana,
pero la verdad es que me asustó lo que me hacías
sentir: posesivo, protector, anhelando algo que
nunca antes me había interesado...

–A mí me pasó lo mismo –dijo ella, sin creer lo
que estaba escuchando.

–Pero entonces desapareciste y lo único que sabía era que había pasado la noche con una chica llamada Gypsy. Incluso pensé que no era tu nombre
de verdad, que no podría encontrarte. Pero durante
los últimos dos años no he dejado de pensar en ti.
Incluso soñaba contigo, pero jamás pensé que volvería a verte –Rico acarició su pelo–. Lola y tú lo
sois todo para mí, pero si no eres feliz aquí puedes
marcharte cuando quieras. Pero te lo advierto, te se-
guiré vayas donde vayas porque no puedo separarme de ti.

Entonces empezó a besarla con infinita ternura,
como si fuera de porcelana. Impaciente, Gypsy tiró
de él para darle toda su pasión.

Rico se levantó para llevarla a la cama y, a toda
prisa, riendo, se quitaron la ropa el uno al otro. Por
fin, cuando estuvieron desnudos, Gypsy se arqueó hacia él, disfrutando al notar que contenía el aliento.

–Sólo hay una cosa más...

Ella tragó saliva.

–¿Qué?

–Si no te da mucho miedo, y si prometo no intentar controlarte y darte la libertad que deseas, ¿confiarás en mí lo suficiente como para casarte conmigo, Gypsy Butler?

Gypsy sintió que por fin se liberaba de todos sus miedos, que el amor la liberaba.

–Confío en ti con todo mi corazón. Y me encantaría casarme contigo.

Rico empezó a besarla de nuevo.

–No más lágrimas, no lo permito. Sólo risas a partir de ahora. Y amor, mucho amor.

Cuando por fin estuvieron unidos, Gypsy dejó escapar un gemido ante la exquisita sensación, demasiado feliz como para pensar en llorar, aunque fuesen lágrimas de felicidad.

Epílogo

LOLA le devolvió el móvil a su padre, mostrando los dos dientes que le faltaban cuando sonrió de oreja a oreja.

–Toma, papá, ahora tienes otro tono.

Rico disimuló una sonrisa al recordar la sorpresa que había causado el último durante una reunión.

–Gracias, Lola. El último era un poco... escandaloso.

La niña le echó los brazos al cuello.

–Éste te va a gustar mucho. Suena muy alto, así siempre lo oirás cuando te llame.

Rico sacudió la cabeza, indulgente, mientras la veía correr para jugar con el nieto de Agneta, del que se había vuelto inseparable.

En ese momento, Gypsy salía al jardín con un vestido corto de verano que aceleró su pulso, como le pasaba siempre. Su pelo era tan indómito como el de su hija, los oscuros rizos acariciando su piel bronceada por el sol.

Y llevaba de la mano un niño que no parecía muy contento. Zack había despertado prematuramente de su siesta y no estaba de muy buen humor, de modo que Rico abrió los brazos para recibirlo y el niño se metió un dedito en la boca mientras apoyaba la cabeza en su hombro, como solía hacer su hermana mayor.

Gypsy se sentó a su lado, sonriendo cuando Rico se inclinó para darle un beso.

—Se me había olvidado que no puedo dormir la siesta cuando estoy embarazada.

Él sonrió también.

—En ese caso, deberíamos irnos temprano a la cama... hace mucho tiempo que no tengo su precioso cuerpo desnudo al lado del mío, señora Christofides.

Gypsy rió al recordar cómo habían despertado esa mañana. Dormían siempre pegados el uno al otro y Rico sólo tenía que hacer el más ligero movimiento para entrar en contacto... un contacto íntimo, sensual y lleno de amor.

—Eres insaciable.

—Sólo por ti, mi amor —Rico sonrió, mirando a su mujer con los ojos llenos de ternura—. Sólo por ti.

Bianca

¿Accedería el orgulloso jeque a celebrar la noche de bodas aunque la boda se cancelara?

Angele ansiaba consumar su relación con el príncipe heredero Zahir tras casarse con él. Inocentemente, anhelaba que su prometido la esperara, como ella lo esperaba a él. Pero unas comprometedoras fotografías sacadas por unos paparazis acabaron con sus sueños de juventud.

Angele no estaba dispuesta a convertirse en la mujer de Zahir por obligación, ni someterse a un matrimonio sin amor. Romper… pero no sin imponer una condición.

Noche de amor con el jeque

Lucy Monroe

Acepte 2 de nuestras mejores novelas de amor GRATIS

¡Y reciba un regalo sorpresa!

Oferta especial de tiempo limitado

Rellene el cupón y envíelo a

Harlequin Reader Service®
3010 Walden Ave.
P.O. Box 1867
Buffalo, N.Y. 14240-1867

¡Sí! Por favor, envíenme 2 novelas de amor de Harlequin (1 Bianca® y 1 Deseo®) gratis, más el regalo sorpresa. Luego remítanme 4 novelas nuevas todos los meses, las cuales recibiré mucho antes de que aparezcan en librerías, y factúrenme al bajo precio de $3,24 cada una, más $0,25 por envío e impuesto de ventas, si corresponde*. Este es el precio total, y es un ahorro de casi el 20% sobre el precio de portada. !Una oferta excelente! Entiendo que el hecho de aceptar estos libros y el regalo no me obliga en forma alguna a la compra de libros adicionales. Y también que puedo devolver cualquier envío y cancelar en cualquier momento. Aún si decido no comprar ningún otro libro de Harlequin, los 2 libros gratis y el regalo sorpresa son míos para siempre.

416 LBN DU7N

Nombre y apellido	(Por favor, letra de molde)

Dirección	Apartamento No.

Ciudad	Estado	Zona postal

Esta oferta se limita a un pedido por hogar y no está disponible para los subscriptores actuales de Deseo® y Bianca®.
*Los términos y precios quedan sujetos a cambios sin aviso previo.
Impuestos de ventas aplican en N.Y.

Deseo™

Anillo de boda

TESSA RADLEY

El viudo multimillonario Nick Valentine debería haber imaginado que la nueva niñera de su hija Jennie era demasiado buena para ser verdad. Y cuando Candace Morrison le reveló sus intenciones con respecto a Jennie, Nick estaba preparado. Aquella embaucadora, por guapa y sexy que fuera, iba a recibir su merecido.

Aunque ella no era la responsable, Candace sabía que Nick había sido engañado. Y, aunque le sorprendía la respuesta de su jefe a la verdad, y a la innegable atracción que había entre ellos, no se detendría ante nada para demostrar lo que sabía sobre Jennie, la heredera de Nick Valentine.

Ella deseaba que se convirtieran en una verdadera familia.

Bianca

Kate acudió a esa fiesta para encontrarse con el hombre que había hecho arder su cuerpo de deseo...

Cristiano Maresca, piloto de Fórmula 1 de fama mundial, siempre pasaba la noche antes de una carrera en brazos de una hermosa mujer...

Cuatro años atrás, esa mujer fue Kate Edwards. La noche que pasó con Cristiano despertó sus sentidos y le hizo experimentar un placer inimaginable. Sin embargo, al día siguiente, el indomable Cristiano tuvo un accidente que estuvo a punto de costarle la vida. Poco después, Kate descubrió que estaba esperando un hijo suyo...

Aquella última noche
India Grey

Aquella última noche

India Grey